한시와 현대시로 읽는 세상 이야기

한시,
세상을
탐하다

한시와 현대시로 읽는 세상 이야기

맑아서, 처음엔
맑아서 몰래

2021년 10월 31일 제1판 제1쇄

지은이   최성수
펴낸이   강봉구

펴낸곳   작은숲출판사
등록번호   제406-2013-0000801호
주소   10880 경기도 파주시 신촌로 21-30(신촌동)
전화   070-4067-8560
팩스   0505-499-8560
홈페이지   http://www.littleforestpublish.co.kr
이메일   littlef2010@daum.net

© 최성수

ISBN 979-11-6035-124-8   03810
값은 뒤표지에 있습니다.

漢詩

한시,
세상을
탐하다

한시와 현대시로 읽는 세상 이야기

작은숲

차례

1

    우리나라에서 가장 오래된 시는 「공무도하가」로 알려져 있다. 백수광부의 아내가 지었다는 이 시는 고조선 시대의 작품이다. 시이면서 동시에 노래이기도 하다.

    노래가 시이고 시가 노래였던 오랜 시간을 지나 이제는 시와 노래 사이가 많이 멀어지고 말았다. 친형제였던 두 갈래는 지금은 사돈의 팔촌쯤 될 만큼 멀어졌다. 둘 사이에 희미하게 가락이 남아 있기는 하지만, 시의 가락은 이제는 안으로 숨어 잘 읽어야 드러나는 것이 되었다.

그렇지만 뿌리를 자꾸 찾아가다 보면 시와 노래가 아주 가까운 친척이었음을 우리는 깨닫게 된다.

현대시와 고전 시가, 특히 한시와의 관계는 시와 노래의 관계보다 더 멀리 떨어져 있는 것처럼 보인다. 현대시와 한시는 그저 시라는 장르상 명칭이 같을 뿐 전혀 이질적인 사이라고 느끼는 경우가 많다. 성만 같은 사이쯤으로 인식되는 것이 현대시와 한시 사이다.

현대시와 한시가 아예 다른 것이라는 생각은 학생들에게 더욱 심하다. 학교에서 아이들을 가르칠 때, 한시와 현대시를 연결해 수업을 전개하면 아이들은 낯선 얼굴을 하기 일쑤였다.

그도 그럴 것이, 한자가 일상의 언어에서 점점 멀어지고 있는 현실에서, 한시는 이해하기에는 너무 먼 문학일 것이다.

아이들의 인식이 그렇다는 것은, 시간이 흐르면 흐를수록 현대시와 한시의 관계가 더 멀리 떨어질 수밖에 없다는 증거다.

2

그대, 강 건너 떠나지 마오

목쉬도록 외쳐도

그대는 먼 길 떠나네

아스라이 그대 모습은

물에 잠기고

나는 강둑에 서서

그대의 이름만 부르네

아, 그대 없는 시간 속에서

물결만 속절없이 흔들리네

　원래 「공무도하가」는 "님이여 물을 건너지 마오 / 님은 그예 물을 건너시네 / 물에 빠져 죽었으니 / 장차 님을 어찌할꼬"라고 번역된다. 그런데 그 「공무도하가」를 위와 같이 풀이하면, 대개는 그것이 고대 시가인 「공무도하가」라고 생각하지 않는다.

　과거의 시라고 과거에 매몰되어 있기만 해서는 새로운 세대들이 제대로 받아들일 수가 없다.

　시는 그 형식이 어떻든, 창작 시기가 언제이든, 담고 있는 감성과 정서가 특별히 다른 것은 아니다. 시는 시간과 공간을 초월하여 늘 변치 않고 존재하기 때문이다.

　이 책은 한시나 현대시가 명칭만 서로 다를 뿐, 정서와 형상화의 측면에서 서로 밀접하게 연결되어 있다는 것을 함께 느껴보고자 하는 의도에서 쓴 것이다. 시는 창작 시기와 관계없이 오늘을 사는 우리들의 삶과 깊이 관련되어 있으며, 그런 시의 현재성이 과거의 문학 작품인 한시도 현재의 작품으로 만든다.

3

한시와 우리의 현대시가 어떤 정서를 공감하며 어떻게 이어지고 있는가를 필자의 일상적인 경험과 삶을 통해 드러내 보이자는 것이 이 책의 집필 의도였다. 한시를 현대시화 하고, 현대시를 읽고 공감하는 것처럼 한시도 함께 맛보는 재미를 이 책을 통해 느꼈으면 좋겠다.

시는 특별한 것이 아니라 우리의 일상생활과 밀접한 관련이 있으며, 살아가는 순간 속에서 때 없이 우리에게 다가온다. 시대나 형식에 얽매이지 않고, 시를 맛보고 즐기고 공감하는 계기가 된다면, 이 책을 쓴 사람으로서 더 이상의 기쁨이 없을 것이다.

학교 교사를 지냈고, 한문과 국어를 동시에 가르치기도 했고, 어쩌다 시까지 쓰게 된 필자의 이력이 무모하기까지 한 일을 시도하게 만든 것이니, 어쩌면 이 책은 내가 걸어온 길을 고스란히 되짚어 보고 드러내는 내 자화상 같은 것인지도 모르겠다.

그동안 한시에 대한 공부를 미리 해 왔던 모든 분들, 특히 한국고전번역원의 수많은 한문 번역서들과, 허경진 선생이 펴낸 평민사의 『한국의 한시』 시리즈, 김달진 선생의 책 『한국의 한시』(민음사), 송재소 선생의 『다산시선』(창작과비평) 등의 성과물이 없었다면, 이 글을 쓰지 못했을 것이다.

시인이라는 과도한 특권으로 소중한 문화유산인 한시를 마음대로 바꾸고 꾸며 놓은 것을, 그 한시를 쓴 선인들께서 저 세상에서 꾸지람하실지도 모른다. 그저 시적 변용이라는 말로 용서를 구한다.

4

이 글은 전국한문교사모임의 회지인 『한문교육』에 수년간 연재했던 것을 깁고 자르고 덧붙인 것이다. 한문 교사 대상의 그 잡지가 없었다면, 이런 글을 쓰지는 못했을 것이다. 함께 만들고 지금까지 그 모임을 꾸려 오시는, 현장의 밑알인 그분들이야말로 과거를 현재화 하는 소중한 문화 전달자들이다.

모든 인간은 각자 다른 수많은 길을 걸어 지금의 모습을 간직하게 된다. 이 글의 모습이 이런 것은, 내가 걸어온 길이 그랬기 때문이다. 그 모습을 온전히 받아들이고 사랑하는 것이 지금의 내가 할 수 있는 일이리라.

더 많은 한시들이 현대의 호흡으로 새롭게 숨 쉬고 다시 태어날 시간을 기다리는 것만으로도 이 책을 펴내는 의미는 있을 것이라는 말로 자기 위안을 삼는다.

2021년 강원도 보리소골 산중의 오두막에서 글쓴이

*필자의 시가 주로 이용된 것은 저작권 문제에서 자유롭기 때문임을 이해해 주시기 바랍니다.
*그 밖에 인용된 시들은 대부분 저작권이 풀린 작품이거나 창작자의 허락을 구한 것들입니다. 이 책에 수록된 시나 노래 중 저작권자를 찾을 수 없어 허락을 받지 못하고 실은 작품이 있습니다. 저작권자를 찾는 데 도움을 주실 분은 '작은숲' 출판사로 연락 주시기 바랍니다.
*본문의 한시 설명 중에 언급된 구절 수(첫째 구, 넷째 구 등)의 말은 번역 시가 아니라 한시의 구절을 말합니다.

'먼 데서 이기고 온' 봄을 기다리며

그해 여름의 시베리아 횡단 철도

오래전의 일이다. 나는 몽골과 러시아의 바이칼 인근을 떠돌고 있었다. 더 이상 삶은 내 생각대로 흘러가지 않았고, 세상이란 배는 내가 꿈꾸던 항구를 향해 운항하지 않았으며, 그리고 무엇보다도 내 삶의 배경이었던 어머님이 총총 저세상으로 여행을 떠나셨다. 그 무렵, 나는 말 그대로 '바람 부는 벌판에 홀로 내던져진 존재'였다.

마음 둘 데 없는 세상에서 잠시나마 탈출을 하기 위해 떠난 길이었다. 몽골의 막막한 사막을 보거나, 끝 간 데 모를 바이칼의 물결에 몸을 내맡기고 싶었다. 그러나 그 사막에도, 바이칼의 짙푸른 물살에도 내 마음은 둘 데가 없었다.

다시 몽골의 울란바토르로 돌아오기 위해 나는 이르쿠츠크 역에서 대륙 횡단 열차를 탔다. 그 철길의 동쪽 끝은 블라디보스토크지만, 내가 탄 기차는 울란우데에서 중국 베이징을 향해 길을 바꾼다. 가없는 초원을 지나고, 강물을 건너고, 계곡을 스쳐 흐르는 길이 바로 시베리아 횡단 철도다.

그 길을 지나며 나는 창밖 풍경을 보는 틈틈이 철길을 건설한 사람들의 땀을 떠올렸다. 얼마나 많은 사람들이 혹독한 노동과 착취로 이 길에서 죽어 갔을 것인가. 그런 생각을 하니, 철길을 달리는 기차 소리가 그들의 울음처럼 들렸다.

　　　삶은 물처럼 차갑고

　　　노동은 또 구름처럼 어지러워라

　　　졸지에 성을 쌓으러 끌려갔었는데

　　　무기를 만드는 대장장이를 또 뽑는다 하네

　　　바람 불고 서리 내려 농사는 헛일

　　　그치지 않는 눈발에 옷은 누더기

　　　처자식 먹여 살릴 일 근심 투성이니

마음은 불에 놓인 신세처럼 끓어오르네

　운곡耘谷 원천석元天錫(1330~?)의 「백성들을 대신해 노래함代民吟」이
라는 시다. 백성을 대하는 이런 마음은 우리나라뿐만 아니라 러시
아에서도 마찬가지였을 테고, 어쩌면 착취와 억압을 당하며 살아가
는 세상 모든 곳의 피지배자들이 겪어야 했던 공통의 고통이었을
것이다.

　농사를 짓던 사람이 갑자기 전쟁터에 끌려 나가는 것도 황당한
일인데, 싸우는 병사였다가 난데없이 무기를 만드는 노역에 시달리
기도 한다. 하늘마저 무심해서 일기가 고르지 않아 농사도 제대로
짓지 못한다. 처자식을 먹여 살릴 길이 막막한 그의 운명은 어쩌면
고려 시대 민중이기 때문이 아니라 피지배자로 살아가야 하는 현실
에 맞닥뜨린 모든 사람들의 운명이었으리라.

　시베리아 횡단 철도의 철길을 놓던 노동자들의 처지 또한 그랬을
것이다. 얼음물처럼 시린 생을 살아가고, 구름처럼 어지러운 노동
에 시달려야 하는 세상의 모든 피지배자의 노래를, 나는 그 시베리
아 횡단 열차를 타고 달리며 떠올렸다.

라스푸틴, 니콜라이 2세

시베리아 횡단 철도를 만드는 데 가장 큰 공을 세운 인물은 러시아의 마지막 황제였던 니콜라이 2세다. 세계에서 가장 긴 철로인 이 길은 1891년 알렉산드르 3세가 공포한 '시베리아 횡단 철도 건설 칙령'에 의해 추진되기 시작했다. 니콜라이 2세는 알렉산드르 3세의 아들이면서 황태자였다. 그는 '시베리아철도위원회'의 위원장으로 철도 건설의 총책임을 졌고, 공사 기간 중 아버지가 죽자 황제가 되어 이 철길을 완성했다. 1916년 10월 18일이었다. 공사가 추진된 지 25년 만에 9,288km의 세계에서 가장 긴 철길이 마침내 완성되었다. 이를 통해 동아시아에서 유럽을 연결하는 육로가 만들어져 세계의 경제와 문화, 생활이 새로운 지평을 열게 된 것이다.

시베리아 횡단 철도의 건설은 애초 제정 러시아의 정치적 목적에 의해 추진되었다. 우랄산맥 서쪽에 집중되어 있던 정치적 영향력을 시베리아 쪽까지 넓힘으로써 궁극적으로 중국, 조선, 일본에까지 세력을 확대하려는 의도였다. 동시에 시베리아에 무진장 매장된 천연가스나 석유를 정치, 경제의 중심인 서쪽 지역으로 수송하려는 야심찬 계획이 이 철길을 만든 이유였다. 그러나 그러한 목적을 넘어서는 아시아와 유럽을 잇는 동서 교류의 통로로서의 역할도 담당

할 만큼, 시베리아 횡단 철도가 가지는 의미는 컸다.

하지만 그런 야심찬 계획으로 철도가 완성된 지 약 4개월 후인 1917년 3월 2일, 니콜라이 2세는 볼셰비키 혁명에 의해 황제의 자리에서 쫓겨나, 자신이 건설한 시베리아 횡단 열차를 타고 우랄산맥 근처에 유폐되었다가 살해당해 최후를 마치고 만다. 자신이 혼신의 힘을 다해 만든 역사적 결과물에 자신의 운명을 싣고 달려야 했던 니콜라이 2세의 심정은 회한이었을까, 통한이었을까? 그 니콜라이 2세의 딸이 애니메이션의 주인공으로 살아난 아나스타샤 공주다. 시베리아 횡단 철도는 어쩌면 역사의 아이러니가 담겨 있는 길인지도 모른다.

라스푸틴, 그리고 최순실

니콜라이 2세가 폐위되고 차르 시대가 끝난 것은 러시아의 온갖 모순과 질곡이 터져 버린 결과이지만, 그 결정적 계기가 된 것은 라스푸틴이라는 인물의 전횡 때문이었다.

라스푸틴은 시베리아의 농민 출신으로, 말을 훔치다 들통이 나 마을에서 쫓겨나 수도원을 떠돌며 생활하는 엉터리 수도자였다. 그

방황의 과정에서 라스푸틴은 최면술을 습득하는 등 미신의 세계에 발을 딛게 된다. 그는 우연한 기회에 황태자인 알렉세이의 병을 치료하게 되면서 황후의 절대적인 신임을 얻게 된다. 그야말로 비선실세가 된 것이다.

그는 정치에 관여하면서 온갖 사리사욕을 취하는데, 그가 주도한 대표적인 정책이 세율을 90%로 인상하는 일이었다. 그 정책으로 거둬들인 세금은 자신이 착복하였으며, 제 1차 세계 대전 때 독일과의 휴전을 제안하는 데도 영향력을 행사했다. 그는 제 1차 세계 대전에 참전하느라 황제가 황실을 비우자 인사권마저 장악하고 러시아의 황실을 마음대로 주무르기 시작했다. 그 결과는 민중들의 고통으로 이어졌다.

라스푸틴의 전횡을 보다 못한 황제의 사위 우스포프가 그를 살해함으로써 라스푸틴의 전횡은 끝났고, 러시아 제정도 그 결과로 볼셰비키 혁명에 의해 막을 내리게 된다. 그는 독을 먹고도 살아났고, 총으로 쏴도 죽지 않아 강물에 빠트리고 나서야 숨이 끊어질 정도로 독종이었다고 한다.

"나는 올해를 넘기지 못할 것이다. 만약 황제의 일족이 나를 죽인다면 제정은 무너질 것이며, 농민이 나를 죽인다면 제정은 영원히 영화를 누릴 것이다."

라스푸틴이 생전에 유언처럼 남긴 이 말은 얼마나 섬뜩한가. 그는 황제의 일족에 의해 죽었고, 그의 유언처럼 제정 러시아는 무너졌다.

라스푸틴을 빼다 박은 인물이 다시 대한민국의 현대사에 나타난다. 그는 최태민이기도 하고, 최순실이기도 하다. 사이비 수도승이었던 그가 엉터리 목사가 되고, 최면술사로 대통령의 딸의 입시를 도왔다는 것도 어쩌면 그렇게 똑같이 닮았는지 신기할 정도다. 라스푸틴이 최태민으로의 환생한 것이 아닌가 하는 의심이 들 정도다. 대통령의 비선 실세로 인사권을 좌지우지하고, 미르재단과 K스포츠재단을 만들었으며, 기업을 협박해 돈을 갈취해 낸 최순실도 인사권을 장악하고 세율을 올려 사리사욕을 채운 라스푸틴과 판박이다. 어쩌면 라스푸틴이 최태민과 최순실 부녀로 다시 태어난 것이 아닐까 하는 터무니없는 의심을 품게 될 정도다. 그렇다면 무능한 니콜라이 2세는 누구고, 기나긴 유배의 길을 떠나야 할 사람은 누구일까?

촛불, 그리고 민주주의

그해 겨울, 생각 있는 대한민국 사람들은 모두 촛불을 들었다. 광장에서만이 아니었다. 거리에서, 집에서, 직장에서 사람들은 마음의 촛불을 밝혔다.

주말마다 촛불 집회에 나가는 것은 이 땅의 민주주의를 지키는 일이었고, 비정상이었던 당시 대통령 박근혜가 그렇게 주장했던 것처럼, '비정상의 정상화'였다. 그것은 해방의 공간이었고, 대동의 춤사위였다.

나는 집회에 나가면서 자주 눈물을 흘렸고, 더 많이 가슴이 벅찼다. 87년 6월 항쟁의 최루탄, 페퍼포그 자욱하던 그 거리를, 더 멀리는 80년 서울의 봄의 그 거리를 오랜 시간 후에 다시 이렇게 활보할 수 있다는 것에 대한 뿌듯함도 있었다. 대학생인 막내를 데리고 나가면서는, 애비가 싸워 온 세상이 하나도 달라지지 않고 몇 십 년 후 다시 아이들에게 대물림되는 현실이 서글펐다.

겨우내 촛불 집회에 나가는 일은 주말마다 계속되었다. 그리고 그 끝에서 감기에 된통 걸리고 말았다. 끙끙 앓으면서, 고열에 시달리면서, 콧물을 훌쩍이면서 촛불을 들었다.

"제발 주말을 돌려다오. 박근혜는 하야하라."

그런 구호를 외치면서, 나는 백성을 고통스럽게 하는 것은 다른 무엇이 아니라 권력이라는 다산 정약용의 시 「가마꾼의 한탄[肩輿嘆]」을 떠올렸다.

　　　　남들은 가마 타고 즐겁다지만
　　　　가마 메는 사람은 괴롭기만 해
　　　　험한 산길을 오를 때는
　　　　노루처럼 빠르게 달리고
　　　　비탈길 내려올 때는
　　　　집으로 가는 염소처럼 재빠르지
　　　　깊은 골 달릴 때는
　　　　다람쥐도 춤을 추고
　　　　바위 틈을 지날 때는 어깨를 움츠리고
　　　　오솔길에서는 종종걸음을 치지
　　　　절벽 아래 저수지를 내려다보면
　　　　아찔아찔 넋조차 나가버리지
　　　　맨땅을 달리듯 날래게 달리면
　　　　귀에서는 쌩쌩 바람 소리가 나네
　　　　우리가 이렇게 산을 달리는 것은

이런 즐거움 때문

겨우 미관말직만 얻은 이들도

법도를 다해 모셔야 하는데

말 타고 부임하는 벼슬아치를

감히 못 모신다고 할 수 있겠나

사령들은 채찍 들고 감시를 하고

수승首僧은 정성 들여 맞을 채비를 하네

귀한 분 모시는데 기한을 어길 수 없지만

근엄한 행차는 끝도 없어라

우리 가마꾼 숨소리는 폭포처럼 거세고

다 떨어진 옷만 땀에 절어 갈 뿐,

모퉁이 돌아갈 때는 옆의 가마꾼 뒤쳐지고

험한 곳 지날 때는 앞사람이 수그리네

어깨에는 밧줄에 눌린 자국

발에는 돌에 채여 난 깊은 상처

자신은 병들어도 남을 편안하게 하는 신세

하는 일은 당나귀와 비슷하다네

그대와 나 모두 같은 나라 사람

다 같이 부모님 품에서 태어났건만

이런 천대를 감수하며 살아야 하다니

부끄럽고 안타까워라, 세상의 차별

내가 그대들을 위해 한 일 하나 없는데

나 혼자 그대들의 은혜를 어찌 받을까

형제가 우애롭지 않은 세상이니

부모님이 어찌 성내지 않을까

중들은 그나마 좀 낫지만

영하호嶺下戶 백성들은 고달프기만 해

큰 깃발 들고 두 말이 끄는 수레가 오니

촌마을 사람들은 다 나와 섰네

닭이나 개 몰 듯 부려 대며

호랑이보다 사납게 소리치며 꾸중하네

예전부터 가마 타면 지킬 예절이 있었는데

이제는 그 도리 흙처럼 버려졌네

밭 갈다가 부르면 쟁기를 내던지고

밥 먹다가 부르면 먹던 음식을 뱉어 내네

죄도 없이 욕 먹고 꾸중 들으며,

만 번을 죽더라도 머리는 조아려야 하고

병들고 지쳐서 힘든 고비를 넘기면
아아, 그제야 붙잡힌 몸이 풀려나지만
그들은 양산 쓰고 거만하게 가 버릴 뿐
위로의 말 한마디조차 남기지 않네
기운이 다 빠진 채 논밭으로 돌아오면
몸은 지치고 신음 소리만 가득한 목숨

가마 메는 이 사람들 그림으로 그려
돌아가서 임금님께 보이고 싶네

　가마꾼은 권력의 횡포에 고통을 받는 민중들을 상징한다. 권력자들은 거만하게 대접을 받으며 가마를 타고, 온갖 거드름을 다 피우며 가마꾼을 부리고 난 뒤, 한마디 위로의 말도 없이 가 버린다. 그것은 권력에 수탈당하고 억압받는 민중들의 모습이다.

　그래서 다산은 마지막 연에서, 그런 가마꾼의 고통을 그려 임금에게 보여 주고 싶다고 토로한다. 이런 인식은, 권력의 정점에 임금이 있다는 것에서 나온다. 그 은유적이고 상징적인 토로가 다산이 살았던 시기에는 최대한의 형상화였을 것이다.

　그로부터 오랜 시간이 지난 2016년의 민중들은, 다산이 최대한으로 감추며 담아 냈던 권력에 대한 비판을 은유와 풍자로 새롭게 변주시켜 낸다. 촛불 집회의 온갖 깃발들이 그것이다. 촛불 집회의 깃발들은 다산 시대의 감추어졌던 은유를 더 해학적이고 풍자적으로 형상화해 내고 있다.

전국 만두노예조합 총연맹 / 만두노총 / 사립 돌연사 박물관 /
혼자 온 사람들 / 일 못하는 사람 유니온 / 장수풍뎅이 연구회 /
거시기 산악회 / 고산병 연구회

민주노총을 촛불 집회의 배후로 지목한 권력 비호 세력에 대한 풍자는 '만두노총'으로, 헬조선으로 상징되는 대한민국의 현실은 '돌연사 박물관'이나 '일 못하는 사람들'로 형상화된다, 혼밥과 혼술을 먹어야 하는 세태는 '혼자 온 사람들'로, 무소불위의 반헌법적인 권력과 그 권력에 빌붙어 제 뱃속을 채우는 세력들은 '장수풍뎅이'로, 비아그라를 사들였던 청와대의 터무니 없는 변명은 '거시기'와 '고산병'으로 풍자한다. 거침없는 비판과 풍자는 다산 시대의 조심스러운 은유를 넘어 해학으로 이어진다.

풍자는 상대의 힘이 우리의 힘보다 강할 때 그에 대응하는 무기다. 그러나 해학은 그 풍자의 단계를 넘어, 상대를 제압하고 깔아뭉개는 힘에서 나온다. 상대의 세력보다 우리가 훨씬 우월하다는 자신감이 해학을 불러오는 것이다.

촛불 집회는 풍자와 비판과 해학이 한 솥에 버무려진 축제 마당인 셈이다. 그래서 촛불 집회로 가는 길은 한바탕 신명나게 놀아 볼 마당을 찾아가는 것처럼 활력이 넘치는 것이다.

울고 웃으며 한겨울의 추위를 이겨 내고, 마침내 민중은 대통령의 파면을 이끌어 냈다. 그 파면의 성과마저도 민중들은 드라마 <도깨비>의 악역 박충헌을 흉내내, '파국이다!'를 '파면이다!'로 희화화해 낸다.

허상의 껍질을 벗기지 않으면

도저한 풍자와 해학의 큰 강을 건너 마침내 여기에 이르렀다. 그러나 그것으로 끝일까? 여전히 권력의 중심에는 그들이 앉아 있고, 태극기를 들고 탄핵을 반대하는 세력들과 그들을 선동하는 극우 정치 권력자들이 자리를 차지하고 있다.

역사의 경험은 우리에게, 단지 최고 권력자 하나만 바꾼다고 세상이 달라지는 것이 아님을 뼈아프게 가르쳐 주고 있다. 반민주 세력들은 호시탐탐 기회를 노리다가 다시 기득권을 차지하는 놀라운 처세를 보여 주었다.

혁명은 안 되고 나는 방만 바꾸어 버렸다
그 방의 벽에는 싸우라 싸우라는 말이
헛소리처럼 아직도 어둠을 지키고 있을 것이다

나는 모든 노래를 그 방에 함께 남기고 왔을 게다
그렇듯 이제 나의 가슴은 이유 없이 메말랐다
그 방의 벽은 나의 가슴이고 나의 사지일까

일하라 일하라 일하라는 말이
헛소리처럼 아직도 나의 가슴을 울리고 있지만
나는 그 노래도 그 전의 노래도 함께 다 잊어버리고 말았다

혁명은 안 되고 나는 방만 바꾸어 버렸다
나는 이제 녹슬은 펜과 뼈와 광기-
실망의 가벼움을 재산으로 삼을 줄 안다

이 가벼움 혹시나 역사일지 모르는
이 가벼움을 나는 나의 재산으로 삼았다

혁명은 안 되고 나는 방만 바꾸었지만
나의 입 속에는 달콤한 의지의 잔재 대신에
다시 쓰디쓴 냄새만 되살아났지만

방을 잃고 낙서를 잃고 기대를 잃고
노래를 잃고 가벼움마저 잃어도

이제 나는 무엇인지도 모르게 기쁘고
나의 가슴은 이유 없이 풍성하다
  - 김수영 「그 방을 생각하며」 전문

　4·19 혁명 이후에 발표된 이 시는 혁명의 좌절을 노래하고 있
다. 혁명은 세상을 갈아엎는 일이다. 그런데 그 혁명이 일어났음에
도 불구하고 세상의 중심은 여전히 비슷한 또 다른 세력으로 대체
되었을 뿐, 진정한 권력의 교체는 이루어지지 않았음을 시인은 혁
명이 일어난 직후 이미 예리하게 깨닫고 있다.

그래서 혁명의 노래는 혁명이 일어났던 그 시간에 두고 와 버린 것이라고 말한다. 혁명이 성공했음에도 민중은 진정한 권력의 주체가 되지 못하고 기득권의 교체만 이뤄졌음을 방만 바꾸었다고 시인은 노래한다.

그런데 그런 좌절만 있다면 시인의 노래는 힘을 가질 수 없을 것이다. 시인은 좌절된 혁명, 허망한 결과를 받아들이며, 그 속에서 새로운 희망을 캐낸다. '실망의 가벼움'도 역사로 파악할 줄 안다. 실패한 혁명이지만 혁명을 이루어 냈다는 전통이 재산이 되어 역사를 새롭게 만들어 갈 것이라고 믿기 때문이다. 그래서 시인은 방과 낙서, 기대, 노래를 잃어버렸어도 기쁘고 풍성하다고 말하고 있다.

혁명은 어쩌면 영원히 완성형이 아니라 진행형일지도 모른다. 김수영 시인이 노래한 4월 혁명만이 그런 것이 아니었다. 5·18 광주 항쟁도 마찬가지였다. 학살의 주인공이 대통령이 되고, 구속되었다가 사면되고, 다시 떵떵거리며 살아가는 반역사, 반혁명의 시대는, 단지 몇몇 핵심 인물만 법적 처벌을 한다고 끝나는 일이 아님을, 허상의 껍질을 벗기고 혁명의 정신을 현실에 담아내지 않고는 역사의 발전은 결코 이루어지지 않는 것임을 우리는 역사를 통해 배워야 할 것이다.

박근혜 없는 봄

촛불의 현장에 '박근혜가 없어야 봄이다'라는 구호가 있었다. 이제 그는 탄핵이 되었다. 그러나 정말 봄이 온 것일까? 정말 국정을 농단하고, 반민주, 반민족, 반민중적인 세력들도 사라진 것일까? 결코 그렇지 않으리라. 그들은 다시 세상의 곳곳에서 자신들의 부활을 꿈꾸며 꿈틀거리고 있을 것이다.

진정한 봄은 그 반민주, 반민족, 반민중을 민주, 민족, 민중으로 되돌리지 않으면 오지 않는다. 더디고 힘든 걸음이지만, 그 봄이 오리라는 것을 믿는 마음들이 하나하나 모여 봄을 불러오는 것이리라.

다시 광화문, 그 촛불의 현장을 걸으며, 나는 "기다리지 않아도 오고 / 기다림마저 잃었을 때에도" 온다는 이성부의 시 「봄」을 떠올린다.

기다리지 않아도 오고, 기다려도 올 그 봄, 결국은 "먼 데서 이기고 돌아온 사람"인 그 봄의 역사를.

고향 잃은 사람들

성북동의 눈물

석 달에 한 번 검진을 받기 위해 들러야 하는 병원 때문에 하루 종일 시달린 날이었다. 약을 한 아름 안고 버스를 탄 뒤, 나는 지쳐 멍하니 창밖만 바라보고 있었다. 그때 주머니 속의 휴대폰이 요란하게 진동했다.

"여보세요."

약을 의자 귀퉁이로 치워 놓으며 나는 허겁지겁 전화를 받았다. 그러느라 어디서 온 전화인지 확인조차 못 하고 말았다.

"선생님 저 노 총무예요."

목소리가 젖어 있었다. 노 총무는 성북동 재개발 반대 대책위의 총무인 노 여사를 부르는 말이다.

"무슨 일 있으세요?"

'또 무슨 일이 생긴 건가? 조합이 또 농간을 부리는 건가?' 하는 생각을 하며 묻자, 노 총무는 아예 울먹이며 말을 이었다.

"선생님, 이겼어요. 이제 끝났어요."

그제야 오늘이 재개발 지속 여부를 묻는 주민 의견 조사 개표일 이라는 것을 깨달았다. 오래 지지부진한 재개발 지역은 다시 주민 의견을 물어, 찬성이 50%를 넘지 못하면 서울시가 직권으로 해제 한다는 것이, 박원순 시장이 내세운 뉴타운·재개발 출구 전략이 었고, 그 의견 조사에서 조합 측이 과반수를 얻지 못했다는 것이다. 자동적으로 재개발은 무산되고, 재개발 지역은 서울시의 직권으로 해제되는 길을 걷게 되었다는 것이니, 오랜 세월 싸워 오느라 심신 이 지친 노 총무로서는 울지 않을 수 없는 일이었으리라.

재개발 반대 사무실에 들르니, 할머니 할아버지들이 여럿 모여 서로 얼싸안고 울음바다였다. 10년 넘게 시간과 돈을 들여 가며 싸 워 온 분들이니, 오늘 하루는 저렇게 울며 환호해도 좋으리라.

그러나 나는 한편으로 걱정스러운 마음이 들기도 했다. 재개발이 해제되었으니, 원주민들이 성북동을 떠나지 않고 살 수는 있을 테지만, 그렇다고 재개발 이전의 옛 마을로 돌아가지는 못할 것이라는 생각이 들어서였다.

성북동, 고향 같은 동네

나는 성북동에서 50년 가까운 세월을 살았다. 초등학교 5학년 때 서울로 전학오면서 살기 시작한 동네니, 내게는 고향이나 마찬가지인 곳이다. 우리 아이 둘도 다 성북동에서 태어나 학교를 다니고, 그중 큰아이는 결혼을 해서도 여전히 성북동에 살고 있다. 우리 가족에게도 성북동은 고향인 셈이다. 주위에는 그런 가족들이 많다. 성북동에 있는 학교의 입학식이나 졸업식에 가면, 교가를 따라 부르는 학부모들이 꽤 많은 것도, 성북동이 대대로 이어 살아가는 고향 같은 곳이기 때문이다.

물론 그들 대부분은 성북동에서 태어난 것은 아니다. 태생은 서로 다르지만, 성북동에 터 잡고 등 기대며 오랜 세월 살아오다 보니, 저절로 제2의 고향이 된 곳이다.

모르는 사람들은, 성북동 하면 제일 먼저 '부자 동네'라는 말을 떠올린다. 그러나 성북동에서 부자 동네인 곳은 성락원이나 대교

단지 일대 몇 군데뿐이고, 대부분 지역은 고만고만한 사람들이 모여 서로 마음을 나누며 살던, 서울 중산층 이하의 동네다. 부촌이라는 이미지는 소설이나 드라마가 만들어 낸 과장일 뿐이다.

서울의 행정동 중에서는 가장 작은 축에 속하는 성북동은 골짜기로 형성된 마을이다. 유일한 평지인 골짜기 아래로 성북동천이라는 개울이 흘렀다. 지금은 복개돼 도로일 뿐이지만, 사람들은 그 개울을 사이에 두고 양쪽 비탈로 올라가며 집을 지을 수밖에 없었다. 그래서 자연스레 사람들의 집은 골목과 골목으로 이어지고, 앞집 지붕은 뒷집 마당이 되는 일도 비일비재했다.

당연히 차는 올라갈 수 없는 골목을 미로처럼 빠져나가며 걷다 보면 발길은 산꼭대기 한양 도성이나 스카이웨이로 닿게 되고, 그 위에서 바라보는 서울 풍경은 그냥 그대로 그림이 되고 만다. 혹은 난데없이 김광섭의 옛집이나 조지훈이나 염상섭이 살았던 곳의 흔적과 마주칠 수도 있고, 길상사나 간송 미술관 또는 선잠 단지 같은 문화재와 맞닥뜨리기도 한다. 또는 성곽 아래 북정 마을이나 오랜 기억 저편의 사람들이 살고 있을 것 같은 산 3번지 일대를 하릴없이 헤매기도 할 것이다.

격랑처럼 소용돌이치는 세상의 물결에 떠밀리며 살다 어느 날 문득, 삶이란 이런 것이 아니라고 되뇌어 볼 때, 성북동은 세상에 천천히 흐르며 바다로 이르는 강물이 있다고 알려 주는 위안의 마을이다.

천천히 흐르고 싶은 그대여,
북정으로 오라
낮은 지붕과 좁은 골목이 그대의
발길을 멈추게 하는 곳
삶의 속도에 등 떠밀려
상처 나고 아픈 마음이 거기에서
느릿느릿 아물게 될지니

넙죽이 식당 앞 길가에 앉아
인스턴트 커피나 대낮 막걸리 한잔에도
그대, 더없이 느긋하고 때없이 평안하리니

그저 멍하니 성 아래 사람들의 집과
북한산 자락이 제 몸 누이는 풍경을 보면
살아가는 일이 그리 팍팍한 것만도 아님을
때론 천천히 흐르는 것이

더 행복한 일임을 깨닫게 되리니

북정이 툭툭
어깨를 두드리는 황홀한 순간을 맛보려면
그대, 천천히 흐르는 북정으로 오라
- 졸시 「북정, 흐르다」

　골목과 낮은 지붕으로 대표되는 현재의 삶이 온갖 역사적 흔적들
과 만나는 곳이 성북동이다. 그래서 성북동은 역사 문화 지구로 지
정되어 있기도 하다. 사람들의 삶이 역사와 만나고, 문화와 만나는
서울에서 거의 유일무이한 지역이 성북동인 셈이다. 현재와 과거가
함께 행복하게 숨 쉬며 살아가는 곳이다.
　그런 성북동에 난데없는 재개발 광풍이 불어닥친 것은 오세훈 씨
가 서울 시장에 당선된 2006년 이후였다. 서울 곳곳이 뉴타운이니
재개발이니 하며 자본 중심의 구조로 재편되면서, 건설 회사와 손
을 잡은 정책의 결과로 전국이 재개발 열풍에 휩쓸리게 되었고, 그
막차에 성북동이 승차하였다.
　그저 성북동은 영원히 그대로 고향처럼 남아 있을 것이라고 순
진하게 믿었던 사람들은 그날부터 몰려드는 투기 세력과 전쟁 같은

싸움을 해야 했다. 강남의 자본이 몰려들고, 토박이 중에서도 일부는 아파트 불패 신화를 전범처럼 떠받들며 투기 세력과 함께 재개발 전도사로 나섰다. 법은 재개발을 촉진하는 쪽에 유리하게 만들어진 것이었고, 세상에 자기편이라고는 아무도 없다는 것을 깨달은 것이 그 싸움의 유일한 성과였다.

그렇게 성북동은 10년 넘게 싸워 왔고, 그동안 마을 사람들은 재개발 반대파와 찬성파로 나뉘어 원수처럼 얼굴조차 마주보지 않을 정도로 감정의 골이 깊어졌다. 한때는 밀가루 전만 부쳐도 앞뒷집이 나누어 먹고, 이웃집 대소사를 자기 집 일처럼 챙기던 순하고 수수한 사람들의 마을인 성북동은 자고 나면 악다구니로 어수선한 그렇고 그런 동네로 전락하고 말았다.

그리고 마침내 상처만 남은 재개발 해제가 이루어졌다. 그러나 투기 세력으로 대표되는 자본의 침탈 앞에 온전한 예전의 성북동은 남아 있지 않게 되고 말았다.

그 상처를 치유하는 일이 그동안 싸워 왔던 일보다 더 어려운 일이 될 것임을 나는 새삼 깨닫는다. 잃어버린 고향은 어쩌면 영원히 다시 돌아갈 수 없는 것인지도 모른다는 절망, 사회는 결코 발전하고 진보하는 것이 아니라 야금야금 자본에 의해 잠식되어 형해만 남는 것이라는 막막함이 10년의 과정을 지켜보면서 내린 결론이다.

다시 또 자본은 다른 얼굴로 돈이 되는 땅을 호시탐탐 노리고 있을 것이라는 비관적 전망이 나의 착오이기만 바랄 뿐이다.

산은 옛 산이지만 사람은 옛 사람이 아닌 고향

재개발이 추진되던 성북동의 10년은 실향, 고향을 잃어버리는 시간이었는지도 모른다. 실향이란 어쩌면 인류가 늘 맞닥뜨려야 하는 현실의 문제일 수도 있다.

1
어릴 때 떠났다
다 늙어 돌아오니

사투리 그대로인데
내 머리는 백발이네

아이들은 만나도
누군지 몰라보고

어디서 오는 나그네요?

웃으며 내게 묻네

2

고향 땅 떠나고

오랜 세월 지났네

돌아보니 아는 이

흔적조차 지워졌네

옛 집 문 앞 눈부신

호수만 그대로일 뿐

봄바람에 이는 물결만

예전 같네

– 하지장賀知章(659-744) 「고향에 돌아오니回鄕偶書二首」

하지장은 절강성 항저우[杭州] 출신의 당나라 사람이다. 시인이고 서예가로 이름을 떨치기도 했다. 695년 과거에 급제하여 벼슬길에 나선 뒤 예부시랑禮部侍郎 등 여러 벼슬자리를 거치다가 86세가 되어서야 고향으로 돌아갔다. 술을 좋아하여 이백李白, 이괄李适 등과 함께 '음중팔선飮中八仙 : 여덟 명의 술꾼 신선'으로 불리기도 했다. 절구에 특별히 뛰어난 재능을 보여 높은 평가를 받기도 했다.

이 시는 당나라 현종 천보 3년唐 玄宗 天寶 三年인 744년, 늙었다는 핑계로 벼슬을 사직하고 고향에 돌아가며 쓴 시다. 고향을 떠난 지 50여 년 만에 돌아온 자신의 감회와 쏜살같이 지나가 버린 세월에 대한 허망함을 노래한 작품이다.

'변한 것'과 '변하지 않은 것'의 두 존재를 대립시킴으로써 시적 긴장과 감회를 노래하고 있는 시다. 변한 것은 백발, 아이들, 아는 이라는 시어로 형상화된다. 백발은 시인 자신이고, 아이들은 시인이 떠난 후 새로 태어난 존재들이다. 아는 이들은 이미 사라져 버린 옛 존재들이다. 그러니 변한 것들은 모두 '사람'이다.

변하지 않은 것들은 사투리, 호수, 봄바람이다. 이들은 모두 자연이거나 그 자연 속에서 대대로 이어지고 있는 전통이다. 사투리는 고향 사람들 속에서 연면히 이어지고 있는 고향 마을의 전통이고, 호수나 봄바람은 시인이 고향을 떠나기 전부터 지금까지 여전히 존재하는 자연물이다.

이렇게 보면, 이 시는 변하는 사람이라는 존재와 변하지 않는 자연이라는 존재 사이에서 시인이 느끼는 허무함, 그리움 같은 감정이 바탕을 이루고 있다고 할 수 있다.

50년이 넘는 세월은 인간에게는 긴 시간이지만, 자연에게는 찰나일 뿐이라는 자각을 통해, 시인은 덧없고 허망한 인간사를 고향이라는 절대적 장소를 통해 노래하고 있는 것이다.

고향은 떠난 이에게는 그리움의 장소이면서 동시에 허망함의 장소이기도 하다. 그 허망함은 머릿속에 그리던 고향이 늘 그대로 존재할 것이라는 믿음에서 출발한다. 떠난 이에게 고향의 시간은 변화하는 시간이 아니라 정지한 시간으로 존재하기 때문이다. 언제 돌아가도 그대로이리라는 믿음, 그것은 어쩌면 변하지 않는 것에 대한 인간의 본래적 그리움에서 비롯되는 것인지도 모른다.

떠나서 더 그리운 고향

돌아가 보면 실망만 남을지라도 고향은 고향을 떠난 이에게는 언제나 그리움의 대상이다. 그 그리움 때문에 현실의 각박한 삶을 더 악착같이 견디고 버텨 낼 수 있는 것인지도 모른다. 세상의 험한 길을 걸으면서, 고향에 대한 기억과 그곳에 깃들어 사는 사람들을 떠올리는 일만으로도 입가에 배시시 웃음이 머무는 곳, 그런 마음은 농경 사회의 후손이면 누구나 느끼는 감정일 것이다.

아득히 서풍이 부네
흰 머리카락만 날리네
고향 마을도
이 가을은 쓸쓸하리
병들고 지친 몸
세상 떠도는 일도 지겨워라
마음은 고향을 찾아가는
물결보다 더 바쁘네
지는 잎, 벌레 울음
모두 구슬프고

하늘 높이 북두성은

멀기도 머네

고향 땅 가족들

등불 앞에 앉아

다 해진 갖옷 매만지며

도란도란 이야기 나누리니

- 홍세태洪世泰(1653-1725) 「먼 땅에서 시름에 젖어[中原旅懷]」

홍세태의 이 시는 그런 그리움에 대한 헌사다. 시인은 지금 바람을 맞으며 서 있다. 배 위거나 강가가 그가 서 있는 자리다. 서풍이 그의 머릿결을 훑고 지나간다. 그의 머리는 백발이다. 흰 머리가 늘도록 고향에 가지 못한 그의 심정이 쓸쓸하게 다가온다. 병들고 지쳐 세상을 떠도는 그의 신세는 가을이라 더 허전하다. 그래서 마음이 물결보다도 빨리 고향에 가고 싶다고 고백한다. 늙고 병들었어도 고향에 가지 못하고 세상을 떠도는 그에게 이 가을은 모든 것이 다 쓸쓸하다. 지는 잎도 벌레 울음도 슬프고, 하늘의 북두칠성도 멀고 아득하다. 북두칠성은 고향의 가족들이 바라보고 있을 별들이다. 그 쓸쓸함의 끝에서 그의 상상은 가족들의 풍경을 끌어온다. 등잔불 앞에 앉아 자신의 닳아 해진 가죽 옷을 기우며 가족들은 집 떠난 자기 생각을 하고 있을 것이라는 상상이다. 그 상상만으로도 시인은 더 아득하고 막막해진다.

그의 문집 『유하집柳下集』에 따르면, 이 시는 66세 때인 1718년 한강을 따라 흘러 충주에까지 유람을 할 때 지은 것이라 한다. 홍세태는 중인 출신으로 알려져 있다. 혹은 그가 이씨 집안의 노비 출신이라는 설도 있다. 노비이면서 일을 하지 않아 주인이 죽이려 했는데, 그의 글재주를 아낀 주변에서 돈을 모아 구해 주었다는 이야기도 전해진다. 하여간 그의 신분이 당시 지배 계층에 속한 사람은 아니었음이 분명하다. 그가 김창협의 권유로 편찬한 『해동유주海東遺珠』는 대표적인 여항시집이다. 통신사 일행을 따라 일본을 방문하여 시와 그림으로 일본에까지 이름을 떨쳤지만, 신분의 제약은 평생을 불운하게 살도록 만들었다. 그의 불운은 가족사에도 이어져, 8남 2녀의 자식들이 모두 그보다 먼저 세상을 뜨는 불행과 맞닥뜨려야 했다.

일생 가족과 단란한 삶을 살아 보지 못한 그에게는 늘 고향과 가족은 그리움과 애틋함이었을 것이다. 이 시에서처럼 가지는 못 하고 멀리서 마음과 상상으로만 떠올려야 하는 그리움은 얼마나 처연한 것인가? 그에게 고향은 그리움이면서 동시에 처연함 아니었을까?

여관방엔 찬 등불

잠 오지 않는
밤

나그네 마음은
처연하기만

이 밤 고향 사람들
천 리 밖 나를 떠올릴까

서리 내린 귀밑머리에
내일이면 또

한 살 더할 것을
- 고적高適(704-765) 「그믐, 밤[除夜作]」

    고적高適은 당나라 때의 시인으로 지금의 하북성河北省 창주滄州 출신이다. 변새시邊塞詩의 대표적인 시인 중 하나다. 그와 잠삼岑參

을 합쳐 변새시의 대표격으로 '고잠高岑'이라고 부르기도 한다. 필력이 웅장하고 건장하며, 기세가 분방하여 성당 시기의 대표적인 시인 중 한 명이라는 평가를 받는다.

이 시는 섣달그믐 밤 고향을 떠나 있는 시인의 심경을 노래하고 있다. 시인은 지금 여관방에 홀로 있다. 한 해의 마지막 날, 혼자 여관방에 누워 있는 사람에게는 등불조차 차갑게 느껴지는 법이다. 그래서 시인은 자신이 찬 등불 아래 처연하게 있다고 진술하고 있다.

그 또한 오랫동안 고향을 떠나 있었음이 분명하다. 귀밑머리에 서리가 내려앉을 정도로 오래 고향에 가지 못했고, 돌아가기엔 고향은 너무 먼 천 리 밖이다. 그래서 이역의 섣달그믐 밤 여관방에서 시인은 고향 집을 떠올리며 스스로를 위로한다.

고향 사람들이 분명 자신을 잊지 않고 기억하고 있으리라는 그 믿음만으로도 처연함이 조금은 가시는 것 같다. 그러나 다시 현실로 돌아와 보면, 자신은 이미 늙었고 내일이면 또 한 살 더 먹게 될 것이라고 깨닫는다. 그 깨달음은 위안이었던 고향에 대한 그리움에 더해져 되레 처연해지고 만다.

이 시에서 고향은 위안의 땅이다. 그러나 그 위안은 현실에서는 더 아득한 그리움으로 남고 만다. 고향을 떠난 것 자체가 본질적인 문제이고, 그 본질이 해결되지 않는 위안은 일시적 위안일 뿐임을 깨닫는 것이다.

고향은 이처럼 모두에게 위안의 장소이고 그리움의 장소이면서 어쩌면 영원히 돌아갈 수 없는 곳이기도 하다. 거리의 문제가 아니라, 자신의 살았던 시절인 과거의 시간으로 돌아갈 수 없기 때문이다. 그래서 고향을 노래하는 시는 모두 쓸쓸하고 처연할 수밖에 없다.

마음이 떠난 고향

고향에 고향에 돌아와도
그리던 고향은 아니러뇨.

산꿩이 알을 품고
뻐꾸기 제철에 울건만,

마음은 제 고향 지니지 않고
머언 항구로 떠도는 구름.

오늘도 메 끝에 홀로 오르니
한 점 꽃이 인정스레 웃고,

어린 시절에 불던 풀피리 소리 아니나고
메마른 입술에 쓰디 쓰다.

고향에 고향에 돌아와도
그리던 하늘만이 높푸르구나.
- 정지용 「고향」

1932년에 발표된 이 작품은 식민지 시대의 실향 의식을 담고 있는 작품이다. 이 시기는 만주 사변이 일어나면서 일본의 군국주의가 더욱 기승을 부리던 때였다. 일본의 군국주의 심화는 필연적으로 식민지 조선 민중에게는 더 가혹한 핍박으로 다가올 수밖에 없었다. 공출과 강제 징용을 피하기 위해 자기 땅에서 유배를 당해 다른 지역으로 혹은 만주나 연해주로 이주를 하는 사람들이 늘어났다. 그들은 시대에 의해 고향을 잃어버린 사람들이었다. 국외로의 이주가 아니더라도, 식민지 민중으로서의 삶 자체가 바로 고향을 잃어버린 것이나 마찬가지였을 것이다. 망국이야말로 가장 큰 실향

일 수밖에 없었으리라.

　이 시는 이러한 시대 배경 속에서 식민지 실향 의식을 담아내고 있는 작품이다. 고향에 돌아오니, 여전히 꿩은 알을 품고 뻐꾸기는 시절에 맞춰 운다. 그러나 시인에게는 그 자연의 섭리조차 낯설 뿐이다. 고향에 돌아와 보고 만나는 모든 것이 쓰디쓴 것은, 마음이 떠났기 때문이다. '마음은 제 고향 지니지 않'고 있으니, 고향에 돌아와도 돌아온 것 같지 않은 것이다. 돌아온 고향의 낯섦이 이 시의 핵심이다. 시에서 정확히 드러나 있지는 않지만, 마음이 고향을 간직할 수 없는 것은 고향이 고향일 수 없는 사정이 있어서일 것이다. 그 사정이 바로 식민시 시대의 실향 의식이라고 할 수 있다.

　망국과 실향의 이 의식은, 고향이 단순한 그리움의 대상만이 아니라 생존의 뿌리이고 근거임을 역설적으로 보여 주고 있다. 빼앗긴 고향은 당연히 '그리운 고향' 그대로일 수는 없을 것이다. 과거의 것들이 고스란히 존재한다 하더라도 마음이 남아 있지 않으면 고향으로서의 의미가 없다는 것을 이 시는 씁쓸한 어조로 보여 주고 있다.

　　고향에 찾아와도
　　그리던 고향은 아니러뇨

두견화 피는

언덕에 누워

풀피리 맞춰 불던

옛 친구여

흰구름 종달새에

그려보던 청운의 꿈을

어이 지녀 가느냐

어이 세워 가느냐

- 고려성 작사, 이재호 작곡, 최갑석 노래「고향에 찾아와도」

　　이 노래는 1958년에 발표되었다. 정지용의 시와 비슷한 어조와 감성의 노래인데, 시기는 약 20년 차이가 난다. 작사한 고려성은 「나그네 설움」으로 널리 알려진 사람이다. 「나그네 설움」은 1940년에 발표된 노래다. 식민지 말기의 암울한 현실과 울분을 노래한 이 레코드는 당시 10만 매가 넘는 판매를 올리는 대히트를 하였다고 한다.

작사자 고려성의 본명은 조경환이다. 그는 와세다 대학 문학부를 졸업한 수재였다. 연극 대본이나 시나리오도 쓰는 작가였으며, '처녀림', '고려성' 등의 필명을 썼는데, 「나그네 설움」은 고려성이라는 필명으로 발표되었다.

박찬호의 『한국가요사』에 따르면, 작사자인 조경환은 어느 날 가수 백년설과 함께 일제 경기도 경찰부 고등과에 불려 가 호된 고문을 받고 풀려났다고 한다. 풀려난 두 사람은 광화문 뒷골목 선술집에서 울분을 달래고 있었는데, 그때 조경환이 담뱃갑 뒷면에 그의 이름을 만방에 알리게 된 「나그네 설움」이라는 노래의 노랫말 3절을 즉흥적으로 적었다고 한다.

낯익은 거리다마는 이국보다 차워라
가야 할 지평선엔 태양도 없어
새벽별 찬서리가 뼛골에 스미는데
어데로 흘러가려 흘러갈소냐
- 조경환 「나그네 설움」 3절

식민지 시대의 삶 자체가 국내에 있어도 이국보다 차갑다는 이 실향 인식은, 해방 후 「고향에 찾아와도」에서는 고향을 잃고 낯선 도시에서 떠도는 실향 의식으로 연결되고 있다. 1958년의 실향은 망국의 실향이 아니라, 산업화와 도시화로 고향에서 내몰린 실향이 었다. 정지용 시의 한 구절을 차용해 조경환은 망국의 실향을 산업화의 실향으로 바꾸어 낸 것이다.

어쩌면 실향은 인류가 정착 생활을 한 이래 늘 마주치는 문제인지도 모른다. 인간의 삶은 정착으로는 불가능한 조건들이 존재하기 마련이고, 그래서 떠나야 하는 현실들은 늘 이향의 고통과 그리움으로 남게 되는 것이리라.

성북동, 잃어버린 고향

나는 이제 성북동을 떠나 고향의 산골짜기에서 주로 생활한다. 아침이면 자욱하게 안개가 피어오르고, 여름이 짙을수록 숲 그늘은 더 깊어진다. 하루 종일 사람 하나 만나지 못하는 날도 허다한 골짜기다.

내가 태어나고, 내 탯줄이 묻혀 있는 고향이지만, 물론 이곳도 내가 어린 시절 살았던 그 모습의 고향은 아니다. 개울물이 흐르던 곳은 경지 정리로 번듯한 논과 밭이 되었고, 길도 없던 이 골짜기에도 포장된 농로가 뚫렸다. 퇴직하고 찾아온 고향이 예전의 고향이 아니듯, 가끔 올라가 보는 성북동도 이제는 예전의 성북동이 아니다. 역사 문화 지구로 지정되고, 주말이면 성북동 올레길이라는 이름을 찾아 등산복을 입은 사람들이 몰려든다. 하루가 멀다 하고 카페가 늘어나고, 술집들도 흥청망청이다. 사람들이 등 기대고 살아가던 마을에는 점점 외지인들이 늘어나, 반세기 넘게 살았던 내가 낯선 사람들과 마주하고 서 있는 느낌이다.

앞으로도 성북동은 더 많이 달라질 것이다. 재개발이 무산되었다고 예전의 성북동, 내가 제 2의 고향이라고 느끼던 그 모습으로 돌아가지는 못할 것이다. 이미 성북동은 또 다른 실향의 단계로 들어서 버린 것이다.

그러나 나는 여전히 성북동을 나의 두 번째 고향이라고 생각하며 살아갈 것이다. 그곳에는 그곳에서 태어나 살아가며 일가를 이룬 내 자식들이 있고, 많이 달라지고 변해 버렸지만, 여전히 자신들을 성북동 토박이라고 생각하는 사람들이 살아가고 있기 때문이다. 재개발이 추진되었더라면 참담한 실향과 마주 서야 했을 사람들이 그래도 여전히 발 딛고 살아갈 수 있게 된 것은, 그나마 고향을 지키게 된 것일 테니까.

여기서부터 저 끝까지 내내 숨 꾹 참고 한꺼번에 봐 버려야 합니다 낮밤 구분 없는 반투명 사방 십 리 마을, 은사시나무 닮은 사람들이 물속에서 말하는 법 마흔세 해째 배우는 중입니다 여기서 한 번 간격 정해지면 가지 길게 내뻗어 당신에게 가닿지 못합니다 고픈 배, 아픈 몸 다툴 일 없고 아이들은 더 자라지 않습니다 그래, 이엉 엮어 얹은 둥근 지붕 아래 조선문 창호 앞뒤로 닫아 걸어 젊은 내외 간절히 쓰다듬고 사랑할 밤은 영영 오지 않습니다 다만, 길게 흔들리는 물풀 사이 기차가 물속 마을 다 지나면 날숨 정수리까지 차오른 당신은 아기 고래처럼 솟구치며 살아 있음을 뿜어 올릴 겁니다 그 다음

엉엉 소리높여 울어도 좋습니다
- 이면우 「기차는 물속 마을을 지난다」

　적어도 이 시처럼 수몰되고 사라져, 가 볼 수 없는 마을이 되지는 않았으니까. 이 시의 주인공처럼, 너무나 달라진 성북동을 걸으며, 한성대입구역에서 선잠 단지까지 '숨 꾹 참고 한꺼번에 봐 버려야 할'지라도, 성북동은 자본의 무모한 침탈에 맞서 지켜 낸 고향이고, 여전히 그곳을 사랑하는 사람들의 호흡과 함께 존재할 것이니까.

또 다른 자본이 성북동을 야금야금 먹어 치우는 일이 생길지라도, 그곳에 발딛고 살아가는 사람들은 여전히 팍팍하고 그리운 성북동의 삶을 살아갈 것이다.

가뭄

한밤중의 발동기 소리

내가 퇴직하고 내려와 사는 곳은 마을에서 한참 떨어진 골짜기다. 두어 채, 주말이면 내려와 밭을 가꾸는 별장 삼아 지은 집을 제외하곤 온통 밭과 산뿐이고, 해도 다른 곳보다 일찍 지는 곳이다.

내 우거에서 면이나 읍으로 가는 큰길까지는 걸어서 약 30분, 차를 몰고 가도 군데군데 비포장이라 10여 분 넘게 걸린다. 그런데 요즘 그 적막하고 한적한 골짜기가 시끄럽다. 밤새도록 발동기 소리가 울린다. 달빛만 저 혼자 밤을 밝히던 곳, 때론 그 달빛에 홀려서인지 고라니만 토하듯 울음을 울던 밤이 이어지던 곳이었는데, 한 달 보름이 넘도록 비가 오지 않아 생겨난 일이다.

골짜기는 길게 이어지며 막다른 곳에 이르도록 밭인데, 주로 배추나 무, 고추를 심는다. 해발이 높은 지역이라 고랭지 배추가 특히 잘 재배되고 팔리는 곳이다. 봄에 심은 무나 배추를 수확하고 나면 다시 가을무나 배추를 심는데, 적당한 수분이 없으면 심은 야채가 자랄 수 없는 것은 당연한 이치다.

그런데 무심하게도 하늘에서는 한 달 보름 동안이나 빗방울 흔적조차 내려 주지 않는다. 심은 채소를 말라 죽도록 두고 볼 수 없는 것이 농부의 마음이라, 사람들은 마른 개울을 파서 물을 찾아내고, 밤새도록 채소밭에 물을 주느라 발동기 소리가 요란한 것이다.

낮에는 뜨겁기도 하고, 더운 날씨에 물을 주면 작물들은 금방 더워지는 물 때문에 뜨거운 물을 뒤집어쓰는 꼴이 돼 성장에 방해가 된단다. 그래서 주로 밤에 물을 퍼서 밭에 뿌려 주는데, 그러느라 농부들은 밤새도록 한 잠도 자지 못하고 만다.

"하느님이 있다면 쫓아가서 삿대질이라도 하고 싶을 지경이야. 도대체 우리가 뭘 잘못했느냐고 팔을 걷어붙이고 한바탕 퍼붓고 싶어."

온몸이 땀에 전 채 파프리카 하우스에서 상자를 들고 나오던 초등학교 동창이 허탈한 웃음을 짓는다.

친구는 파프리카 한 상자를 내게 건네며

"값도 없어. 따면 반은 버려야 돼. 일본 수출도 잘 안 되고, 그렇다고 국내에서도 값이 없으니…."

밤새 물을 푸고, 낮에는 고추와 파프리카, 옥수수 따위를 수확하며 잠시도 쉴 참 없이 살아가는 친구임을 알기에, 나는 위로의 말조차 건네지 못하고 멋쩍게 건네주는 파프리카만 받아 들고 돌아설 수밖에 없었다.

종종걸음을 치며 밭을 오갈 정도로 봄부터 가을까지 뛰어다니지만, 삶이 늘 팍팍하고 곤고한 농민의 처지가 어디 어제오늘의 일이겠는가. '대체 왜 농민은 늘 가난하고 힘들게 살아야 하는 것일까?' 하는 생각에 집으로 돌아와서도 내 마음은 무겁게 내려앉았다.

해마다 어긋나는 날씨

작년에도 봄 가뭄이 극심해서 물을 퍼 주느라 난리였었다. 여름이 다 될 때까지 비다운 비가 오지 않았었다. 그래서 농민들은 큰 개울에서 물을 퍼다 배추에 부어 주느라 눈코 뜰 새가 없었다.

그렇게 애지중지 배추를 길러 통이 앉을 무렵인 한여름 한낮에

폭우가 쏟아졌다.

'이제 비가 내리니, 배추가 잘 자라겠구나.' 뭣 모르는 나는 그렇게 생각했다. 그런데 웬걸, 비가 그치고 나자 배추가 썩어 가기 시작했다. 농부들은 온갖 방법을 강구해 죽어 가는 배추를 살리려 했지만, 골짜기는 온통 배추 썩는 냄새로 진동을 할 뿐이었다.

알고 보니, 통이 앉은 뒤, 뜨거운 날씨에 비가 내리면, 마치 더운 물을 퍼붓는 것 같아서 배추는 데친 것처럼 익어 속부터 썩어 가기 시작한단다. 때맞춰 비가 내리는 것이 얼마나 중요한 일인지를 새삼 깨달았다.

그런데, 올해는 봄에 비가 제법 때맞춰 잘 내리더니 후작으로 배추나 무를 심을 무렵부터 비는 한 방울도 구경할 수가 없었다. 게다가 유사 이래 가장 더운 날씨라는 폭염이 이어지니, 농부의 마음은 작년에 이어 올해도 까맣게 타들어 갈 수밖에 없다. 오죽하면 하느님께 삿대질을 하고 싶다는 말까지 할까?

최해崔瀣(1287-1340)는 고려 충렬왕 때의 문인이었다. 언명보彦明父, 수옹壽翁 등의 자를 썼고, 졸옹拙翁, 예산농은猊山農隱이라는 호를 썼다. 자나 호에서 짐작할 수 있듯, 그는 세상 일에 아부하고 얽매이는 것을 싫어했고, 술과 자연에 묻혀 살다 간 사람이었다.

그의 집안은 향리 가문 출신으로, 과거에 급제하여 한동안 벼슬자리에 나가긴 했었다. 1320년에는 원나라의 과거에 응시하여 급제, 원나라에서 벼슬을 하기도 했다. 병을 핑계로 귀국한 후에 다시 고려 조정의 벼슬자리에 나간 적도 있었다. 그러나 당시의 정치판에서 그는 그리 환영받는 인물은 아니었다. 옳고 그른 것에 대해 분명하게 밝히고 비판하는 직설적인 성격이라서 윗사람들의 신임을 얻지는 못했다.

"구차하게 편리함을 좇지 않고 우직하게 살겠다"고 스스로 밝히며 호를 졸옹拙翁으로 짓기도 할 정도였다. 그래서 늘 외톨이였고, 그런 자신의 처지를 또 "백년 지난 후에는 날 알아줄 이 있을 테니/시 지으며 눈물로 옷깃 적실 필요 없으리[百年後有知音在/不用題詩漏滿衣]"라며 자위하기도 했다.

말년에는 사자갑사獅子岬寺라는 절의 땅을 얻어 소작인으로 직접 농사를 지으며 글을 쓰고 살았다. 그는 자신의 체험에서 우러난 작품을 창작해 낼 줄 아는 시인이었다. 그래서 당시 대부분 성리학적인 이데올로기를 시로 그려 내는 다른 사람들과는 차별성이 있는 시인이었다.

그가 자신의 경험을 생생하게 담아낸, 가뭄을 노래한 시가 있다.

비와야 할 때 햇볕 나고

햇볕 나야 할 때 비 내려

작년에는 모 한 포기

심어 보지도 못했지

수많은 이 굶주려

바라보면 서로 처량할 뿐

올 봄도 또 가뭄

두 손 모으고 기도 드렸지

진흙은 푸른빛으로 제 몸 태우고

우물조차 말라 버렸네

핏빛으로 빛나는 아침 해

거리마다 굶어 죽은 이들의 시체

들판에는 뒤틀어진 곡식과 뽕나무

게으른 나는 늦게 일어나는 것이 습관이었지

그날도 맑은 아침 초당에 누웠다가

습습한 기운, 우수수 부는 바람

이윽고 추녀 밑 똑똑 비 듣는 소리

깜짝 놀라 베개 밀치고 벌떡 일어났네
창문 열고 보니, 아 미칠 것 같은 마음
버드나무 선 언덕에는 젖은 눈썹
꽃 핀 언덕에는 선연한 붉은 빛
세상 모든 것들 반짝이고
하나하나 뱉어 내는 향기들

이제 나는 알았네
끝까지 사람을 버리지 않는 하늘의 마음을

온갖 쟁기 남쪽 들에 가득하니
숱한 창고들 마침내 가득가득 차리
비 새는 집에 우산 받치고 있어도 뭐 어떠리
어떻게 먹고살까 하던 걱정 다 잊어버렸는데

이 시는 최해의 「삼월 이십삼 일, 비 오시다[三月二十三日雨]」라는
작품이다. 가뭄으로 애타하는 농부의 마음을 자신의 체험을 바탕으
로 형상화한 시다. 전반부에는 가뭄 때문에 모든 것들이 말라 죽는
참담한 현실을 사실적으로 그려 내고 있다. '해조차 핏빛으로 빛나

고, 우물이 말라 버리는' 상황과, 그 결과 사람들이 굶어 죽는 안타까운 현실을 그 자신이 겪고 본 대로 노래하고 있다.

시 후반부는 비가 오는 기쁨을 노래하고 있다. 전반부의 가뭄이 극대화되면 극대화될수록 후반부의 기쁨은 더할 수밖에 없다. 그래서 비가 새는 집이지만, 가뭄이 계속되어서 어떻게 먹고살까 하던 걱정을 다 잊어버렸다고 진술한다. 비 오는 것이야말로 세상 최고의 기쁨임을 노래하고 있는 것이다. 이 시는 전반부의 가뭄과 후반부의 강우라는 상반된 상황을 대조시킴으로써, 가뭄의 고통과 강우의 기쁨을 체험적이고 사실적으로 노래하고 있다.

그런데 이 모든 문제는 사실, 시의 첫머리 진술처럼 '비 와야 할 때 햇볕 나고 햇볕 나야 할 때 비가 오는' 상황 때문이다. 즉 농부의 시간과 하늘의 시간이 맞지 않는 데서 비롯된 것이다.

하늘을 쳐다보며 농사를 지어야 하는 농민의 슬픈 현실은 고려 시대처럼 지금도 여전하다. 전근대 시대의 가뭄이야 상당 부분 어쩔 수 없는 하늘 탓이라고 하더라도, 현대화된 지금도 여전히 하늘을 보며 한탄해야 하는 것은 순전히 나라 탓이다. 가뭄에 대비해 물을 모아 두고, 수리 시설을 갖추고, 자연과 조화롭게 살아가는 제도를 만드는 것이 나라의 역할이다. 농업을 공업이나 상업의 보조 산업으로만 인식하는 한, 농업을 점차 소멸되는 직업으로 인식하는 정책자들이 존재하는 한, 농민은 여전히 하늘을 쳐다보며 원망을 해야 하고, 하느님에게 삿대질을 하고 싶다는 하소연을 할 처지에 놓여 있을 수밖에 없다. 봉건 사회인 고려 시대와 산업 자본이 극대화된 현대 사회가 농민에게는 조금도 다르지 않은 궁핍의 시대일 뿐이다.

주울 이삭조차 없는 현실

> 밭에서 이삭 줍는
> 시골 아이들 볼멘 소리
> "한나절 바삐 주워도
> 바구니 하나도 안 차유.
> 올해는 벼 베는 사람도 할 수 없이
> 이삭 한 톨 안 남기고
> 다 주워다 관청에 바쳐야 한대유."

　　삼당시인으로 알려진 손곡 이달李達(1539-1612)의 「이삭 줍는 노래 [拾穗謠]」다. 밭에서 이삭을 줍는 아이들의 말을 그대로 옮긴 이 시

역시 조선 시대의 참담한 농촌 현실을 그려 내고 있다.

흉년이 들어 이삭을 줍는 아이들에게, 주울 이삭 하나조차 없는 들판은 황량하고 막막한 곳이다. 그런데 이삭이 없는 이유는 관가의 수탈 때문이다. 가혹한 세금을 내야 하니, 이삭조차 남기지 못하게 된 것이다. 시는 첫 구절만 시인의 진술이고, 나머지는 모두 아이들의 말을 옮긴 것이다. 민요의 진술 형식이고, 이런 진술이야말로 시의 민중적 사실성과 진실성을 드러내는 데 가장 효과적인 방법이다. 이를 통해 민중의 언어를 시인은 고스란히 읽는 이에게 전달해 주고 있는 것이다.

파프리카 농사를 짓는 친구는 옥수수 철이면 하루 종일 옥수수를 따기도 한다. 그런데 옥수수 한 통은 잘 받아야 400원~500원이란다.

"옥수수 한 통 따서 과자 한 봉지도 못 사. 내가 옥수수를 한 통 생산하려면 밭 갈고, 거름에 비료 주고, 비닐 씌우고, 풀 잡고, 봄부터 길러 여름이나 돼야 수확하는데, 그 모든 비용과 노력이 과자 한 봉지 값도 안 된다니, 이게 무슨 조화인지 모르겠어."

그렇게 하소연을 하던 친구의 얼굴은 까맣게 타 있었다.

손곡 이달의 시에서, 관리가 이삭까지 싹쓸이해 가듯, 지금의 농민들도 자신의 수확물의 대가를 누군가에게 빼앗기고 있는 것이리

라. 그것은 중간 유통 업자일수도 있고, 농협이기도 하고, 유통을 통해서 상업적 이익이 확대된다고 믿는 자본이거나 그런 제도를 기반으로 운영되는 국가 체제가 수탈자일 수도 있다. 아니 어쩌면 이 시대를 살아가는 소비자인 우리 모두가 농민을 비롯한 누군가의 소득을 빼앗으며 살아가고 있는 것인지도 모른다.

"왜 공산품 값은 생산자가 정하면서, 농산물은 농민이 정할 수 없는 거야."

울분을 터트리는 친구의 넋두리에 내가 죄스러워지는 것은 나 또한 생산자이기보다는 소비자의 자리에 서 있기 때문이다.

그래도 삶은 계속된다

고려 시대, 최해의 시에서 보이는 농민의 궁핍은 그 시대로 끝난 것이 아니다. 농민의 가난은 가뭄 때문인 것처럼 보인다. 그러나 그것은 현상일 뿐이다. 그 이면에는 이 땅의 뿌리 계층인 농민이 시대를 가리지 않고 늘 수탈당하고 억압당하면서 살아온 존재였다는, 체제와 구조의 문제가 담겨 있다.

이달이 살았던 조선 시대에도 농민은 여전히 피지배 계층이었고,

노동의 가치를 수탈당하는 계급이었다. 그래서 남은 이삭조차 관가로 대표되는 수탈 체제에 빼앗겨 버리고, 굶주려 생을 마쳐야 하는 존재들이었다.

그런 농민의 삶은 현대에도 지속되고 있다. 대를 이어 가며 계속되는 농민의 가난과 농촌의 붕괴는 어쩌면 이 땅에 농업이라는 직업이 존재하는 한 계속될지도 모른다.

그래도 희망은 남아 있을까?

"현재 우리나라 농업 인구 비율이 전체의 3% 정도라는데, 정부 목표는 1.3%로 만드는 거래. 그러니 농민을 잘 살게 만드는 정책이 나올 리가 있어? 그냥 점점 사라지게 만드는 것뿐이지."

가뭄이 아무리 깊어도, 쉴 때는 쉬어야 한다며 마을 사람 몇이 모여 우리만 아는 계곡으로 천렵을 갔다. 물소리 좋고, 바람 선선한 계곡은 세상의 더위와 무관한 곳이었다.

술을 한 순배 돌리고, 고기도 구워 한두 점 먹고 나자, 한 친구가 자조적인 말을 내뱉었다.

"내가 생산했는데 가격도 내 맘대로 결정하지 못하는 걸, 그래도 먹고 살 일이라고 붙들고 있는 우리가 한심한 걸까?"

소주를 털어 넣던 다른 후배도 허탈한 말투였다. 그는 토마토 농

사를 주로 짓는다. 봄에 씨를 넣어 포트를 만들고, 하우스에 옮겨
심고 돌보아 칠월부터 수확을 하는데, 새벽 다섯 시면 일어나 출하
할 토마토를 딴다. 그렇게 한 달 내내 농협을 통해 일주일에 5일씩
출하를 했지만, 한 달 후에 통장에는 달랑 백만 원이 입금되어 있었
단다. 그러니 그의 수입은 밭을 갈기 시작한 삼월부터 칠월까지 5
개월간 백만 원, 한 달에 20만 원짜리 월급인 셈이다.

        토마토 농사 짓는 우리 마을 청년회장,

        올해사 토마토가 크고 튼실하게 잘돼

        10키로 한 상자 만오천 원은 받겠지,

        꿈도 야무지게 꾸었지

        맏물 토마토 새벽부터 땀 흘리며

        여든한 상자 만들어 농협에 냈네

        못해도 백이십만 원은 손에 쥐려니,

        그 돈 받으면 씨앗값에 농약값 외상 진 것

        일부나마 우선 갚고, 일 도와준 친구들과

        소주도 한잔하려니,

        마음 푸근해져 웃음 벙실벙실

        이틀 지나 통장에 찍힌 숫자

눈 씻고 보고 눈 비비고 보고,

감았다 떠 다시 봐도 믿기지 않는

81상자 63,747원

곰곰 계산하니 한 상자에 787원이라

품값은커녕 종자값도 안 나오는 농사에

나오는 건 한숨

아무리 농사가 대접받지 못하는 세상이라지만,

도시 번듯한 마트에서는 9개 포장해

9천 원이라는데,

도무지 10키로 한 상자 787원 이해 안 되어

볼 꼬집고 뺨 때려 봐도 남은 토마토 값은

어디로 간 것일까?

내년에도 농사를 지어야 하나,

고추 농사로 바꾸어 볼까,

때려치우고 도시로 나가 공사판 짐 지는 일을 해 볼까

궁리궁리에 속만 타 깡소주 병나발로 시름 달래네

이놈 저놈 다 떼어먹는 직불금 같은 이상한 지원보다

농산물 최저 가격제를 보장하라!

술기운에 종주먹을 허공에 내지르다 보니

그놈의 주먹은 왜 또 토마토처럼 생겼는지,

술맛도 쓰고, 안주로 베어 문 토마토도 쓰고,

농사꾼 팔자도 쓰디쓰다며 쓴웃음 짓는

하우스 토마토 농사꾼 우리 마을 청년회장의

어깨 너머

뜨거운 노을만 붉다

- 졸시 「청년회장 토마토」

그렇게 수입을 계산하고, 후배는 허허 웃으며, 한마디 덧붙인다.

"그래도 우리 일이 좋아. 난 다른 건 못 해. 이렇게 대낮에 물 좋은 곳에서 술이라도 마실 수 있는 건 내 직업이 농업이니 할 수 있는 일 아냐?"

"그렇지, 요새 서울은 한밤중에도 열대야니 뭐니 하지만, 우린 대낮에도 숲에만 들어오면 이렇게 시원하잖아."

다른 친구가 맞장구를 치지만, 그래도 정말 신명이 나지는 않는 것은, 제 품값은 고사하고 비룟값과 농약값도 대지 못하는 것이 현실이기 때문이다.

신경림의 「파장」이라는 시 한 구절처럼, 못난 놈들이지만 얼굴을 마주하고 하루 흥겨워 해야 하는 이것은, 고스란히 지금 우리 농촌의 현실이다.

또 고추를 따야 하고, 토마토 가지치기를 해야 하고, 옥수수 수확을 해야 한다고 오후가 되자 모두들 천렵을 거두고 계곡을 나와, 신경림의 시 한 구절처럼 우리는 뿔뿔이 흩어졌다.

얼치기 농사를 짓는 나만 할 일이 없어 터덜터덜 골짜기로 돌아오는 길, 햇볕은 다시 머리를 삶을 듯이 뜨겁고, 밭의 흙은 마르다 못해 눈부시기까지 하고, 길에는 자욱하게 먼지가 인다.

문득 서울대 병원에 누워 있는, 최루탄에 맞아 쓰러진 백남기 농민이 떠오르고, 쨍쨍한 광장의 열기를 견디며 묵묵히 진실을 요구하는 세월호 유족들의 모습도 어른거리고, 사드 배치 반대 투쟁의 깃발을 든 성주와 김천 사람들의 종주먹이 눈앞을 스친다.

어쩌면 우리들은 다른 상황처럼 보이는 같은 상황에 놓인 존재들인지도 모른다. 서로에게 맞닥뜨린 일들이 실은 같은 것인데, 그것들은 모두 이 땅의 주인인 민중들을 옭죄고 수탈해 가기 위한 고도의 술책인데, 우리는 그것을 단지 세월호니 백남기 농민 개인이니 사드 배치 문제니 혹은 농민 개개인의 문제니 하는 개별적인 문제인 듯이 인식하도록 세뇌당하고 있는 것은 아닐까?

가뭄은 한없이 길고, 상념은 덧없이 가지를 치는데, 돌아오는 길의 차 안에는 김민기의 「가뭄」이라는 노래가 울린다. 아, 세상을 살아가는 일이란 얼마나 아득하고 아찔한 것인가!

불러도 불러도 그리운 이름, 어머니

어머니의 어부바

퇴직을 한 후 내가 내려와 사는 이 강원도 산골은 곳곳마다 어릴 적 추억이 흔적처럼 남아 있는 곳이다. 지금은 옛날과 많이 달라지긴 했지만, 내게는 영원히 그리움으로 남아 있는 곳이기도 하다.

10리 길을 걸어 학교에 갔던 그 시절, 신작로에는 아름드리 미루나무가 '앞으로 나란히'를 하고 서 있었다. 그 사이사이에는 가을이면 코스모스가 색색으로 피어 학교 가는 길을 물들이곤 했다.

초등학교 저학년인 우리 또래들은, 학교에서 배운 노래를 흥얼거리며 그 길을 걸어 등교를 하곤 했다.

마을에서 신작로까지 가려면 다리를 건너야 했다. 다리라고 해야 돌을 받치고 나무 기둥을 세운 위에 나뭇가지, 흙을 섞어 엮어 놓은 섶 다리라 여름철 홍수가 한 번 지나고 나면 물에 휩쓸려 사라지고 말았다. 여름이 지나면 이듬해가 될 때까지는 물이 그리 많지 않아 돌다리를 놓기도 했고, 그것도 없을 때는 그냥 발을 걷고 건너야 하는 개울이었다.

지금은 번듯한 시멘트 다리가 놓인 그 개울을 지날 때마다 나는 이제는 세상을 뜬 어머니를 떠올리곤 한다.

초등학교 1학년 무렵, 유난히 키도 작고 마른 나를 위해 어머니는 아침마다 개울까지 데려다주시곤 했다. 개울에 이르면 어머니는 나를 업어 그 개울을 건네주셨다. 떠내려간 섶 다리를 다시 만들 때까지, 어머니의 어부바는 이어졌다.

그런데 개울을 건너려는 아이가 나뿐이 아니었기에, 어머니는 초등학교 1학년 아이들을 다 업어 건네주고 나서야 내게 어서 가라며 손을 흔들고 집으로 돌아가시곤 했다.

유난히 추위가 빨리 오는 강원도라, 초가을만 돼도 개울물은 얼음장같이 차가웠고, 어머니의 발은 동상으로 곳곳이 터지고 발갛게 부어오르곤 했다.

이제는 단단하고 큰 시멘트 다리를 놓은 그 개울을 지날 때마다 내가 눈시울을 붉히는 것은, 그때의 어머니 모습이 환영처럼 개울에 남아 있기 때문이다.

"신이 모든 곳에 있을 수가 없어서 어머니를 대신 만들었다"는 유대인의 속담처럼 어머니는 모든 자식들에게는 신앙과 같은 존재다. 그래서 나이 들수록 어머니라는 말에 절로 눈물이 샘솟는지도 모른다. 현재의 자식들의 자리를 닦고 만들어 준 분이 바로 어머니이기 때문이다.

서늘한 그리움

전형적인 어머니상의 대표로 손꼽히는 분이 바로 신사임당이다. 흔히 율곡栗谷 이이李珥의 어머니로 더 알려져 있지만, 사임당 신 씨는 율곡의 어머니라서가 아니라 그 자신이 주체적인 삶을 살았던 존재로서 평가를 내릴 필요가 있다.

흔히 현모양처로 신사임당을 꼽는다. 그러나 신사임당은 우리가 흔히 생각하는 현모양처가 아니다. 남편에게 순종하고 아이들을 지성으로 돌보는 숨겨진 존재로서의 현모양처는 결코 아니었기 때문이다.

그녀는 친정아버지가 돌아가신 후 책임지고 집안을 돌보기도 했고, 결혼 후 벼슬자리에 나가지 못한 남편을 대신해 집안 살림을 꾸려 가면서 아이들을 적극적으로 교육하기도 했다.

현모양처는 남편의 말에 그저 고분고분한 태도를 보이는 존재라는 기존의 인식도 신사임당과는 거리가 있었다. 그녀는 남편의 잘못된 학문에는 학문적으로 맞설 줄 알았고, 생활 태도에도 문제가 있으면 당당하게 그 잘못을 지적하여 고치게 만들 정도였다.

기존의 현모양처의 개념과는 전혀 다른 새로운 여성상을 지닌 존재였다고 할 수 있다. 그럼에도 뛰어난 재능을 보였고, 학문적으로도 깊이가 있었으며, 자식 교육에도 적극적인 새로운 어머니상이 바로 신사임당이라고 할 수 있다.

강릉 땅 바라보면

어머니의 흰 머리칼

터벅터벅 디뎌 가는

멀고 먼 한양길

돌아보고 다시 보니

북촌은 아득하고

흰구름 떠가는 너머

저문 산만 푸르러

  신사임당申師任堂(1504-1551)의 시 「대관령을 넘다가 친정을 바라보다[踰大關嶺望親庭]」이다. 제목대로 이 시는 신사임당이 친정에서 남편이 있는 한양으로 가며 쓴 시다. 먼저 시선을 보자. 현재 시인이 자리하고 있는 곳은 대관령 꼭대기다. 대관령 꼭대기에서 시인의 시선이 향한 곳은 발아래다. 그 발아래는 강릉이다. 강릉 중에서도 친정이 있는 북촌을 내려다보고 있다. 시선은 아래를 향해 있는 것이다. 그래서 마지막 행의 '구름'을 노래하면서 '내려간다'고 표현한 것이다.

  이 시에서는 현실의 자아와 심리적 자아가 서로 다른 길을 가고 있다. 현실의 자아는 한양을 향해 걸어가고 있지만, 심리적 자아는 어머니가 계신 강릉을 향해 가고 있다. 아버지는 돌아가시고 혼자 남은 어머니를 두고 떠나야 하는 시인의 마음이 서로 다른 자아의 방향을 형성해 내고 있는 것이다.

  이 두 자아의 엇갈린 걸음이 이 시의 주제다. 마음은 강릉에 두고 몸은 떠나야 하는 아픔이 이 시의 정서다. 그래서 그 정서는 슬픔일 수밖에 없다.

그 두 자아의 분열을 고스란히 드러내고 있는 것이 첫 구와 둘째 구다. 첫 구는 '어머니는 강릉 땅에 계심'이고, 둘째 구는 '나는 한양으로 감'이다. 그 사이에서 일어나는 슬픔은 시의 내면에 숨어서 감성을 자극한다. 원문의 '있음[在]'과 '감[去]'이 이러한 상황을 드러내는 핵심적 시어라고 할 수 있다.

세 번째 구절의 핵심은 '때때로 한번[時一]'이다. 이는 걸음걸음마다 자꾸 뒤를 돌아보는 행위를 보여 준다. 이 행위야말로 실제의 걸음과는 반대로 시인의 걸음은 어머니가 계신 강릉으로 가고 있음을 상징하는 것이다.

마지막 구절에서 주목해야 할 시어는 '내려가다[下]'와 '저물다[暮]', '푸르다[靑]'이다. '내려가다[下]'는 그냥 내려가는 것이 아니다. 구름이 대관령 꼭대기에서 아래로 그냥 흘러 내려가는 것이 아니라 시인의 마음이 구름을 따라 강릉으로, 어머니 곁으로 흘러가는 것을 상징하고 있는 시어이기 때문이다.

그리고 그런 그리움은 '저문[暮]'과 '푸른[靑]' 두 시어로 극대화된다. 어머니를 두고 떠나가야 하는 현실 앞에서 시인의 마음은 저문 세상이고, 바라보는 자연 경관은 가슴이 시리게 푸른 땅이다. 어머니에 대한 저미는 그리움, 시리게 푸른 아픔이 마지막 구절의 자연 경치에 대한 환기에 의해 비로소 시인의 것에서 독자의 것으로 환치되는 데서 이 시는 완성된다.

어머니를 그리는 신사임당의 다른 시 한 편도 아름답다.

「부모님 생각[思親]」이라는 작품이다.

> 산 첩첩 아득한 내 고향
>
> 가고 싶은 마음은 언제나 꿈속
>
> 한송정 가에 달 오르고
>
> 경포대 앞에 바람 불 때
>
> 모래 위로 갈매기 날고
>
> 파도 사이 고깃배 일렁대리
>
> 그 날은 언제 올까
>
> 다시 강릉 그 길 걸어가
>
> 색동 저고리 입고 어머니 무릎에 앉아
>
> 바느질할 날

이 시 역시 앞의 시처럼 어머니에 대한 그리움을 풍경과 추억으로 그려 내고 있다. 첫 구에서 공간적인 거리의 아득함을 그려 내고, 둘째 구에서는 그 공간을 뛰어넘는 그리움을 노래한다. 3~6구는 고향의 풍경을 담아내고, 7~8구는 추억을 되살려 냄으로써 그리움을 극대화하는 방법으로 어머니에 대한 시인의 절절한 마음을 노래하고 있다.(번역된 시의 구절이 아닌 원 시의 구절을 말함.)

신사임당이 대관령을 넘어 한양으로 갔던 그 길의 일부가 내가 사는 이곳 강원도 안흥에 있다. 강릉에서 평창을 넘어 안흥으로 이어지는 옛길이 조선 시대에는 한양과 강릉을 잇는 유일한 길이었다. 대관령을 넘으며 친정을 바라보고 눈물짓던 신사임당은 떨어지지 않는 발길을 돌려 이 길을 지나갔을 것이다. 그 길을 걸으며 나도 신사임당처럼, 내 등굣길을 마음으로 함께 걸으셨던 돌아가신 어머니를 떠올린다.

세상의 모든 어머니는 영원히 가슴속에 있다.

돌아가셔도 그리운 어머니

정일헌 남씨貞一軒 南氏(1840-1922)가 쓴 「어린 여종이 친정 간다는 말을 듣고[送童婢歸覲]」는 남의 어머니에 빗대 자신의 어머니에 대한 그리움을 노래한다.

열네 살

어린 여종 하나

친정으로 간다네

아!

규중 깊이 묻힌

이 내 몸

친정에 가

부모님 받들날

그 언제인가

　이 시는 어린 여종이 부모님을 뵈러 친정에 간다는 말을 듣고 쓴
것이라고 한다. 남 씨는 일찍 남편 성대호成大鎬와 사별하고 홀로 살
았다. 홀몸이 되어도 함부로 친정에 갈 수 없는 것이 봉건 시대 여
성의 운명이었다. 데리고 있던 여종이 오히려 더 부러운 것은, 남
씨가 사대부 가문의 아녀자라는 제약 때문이었을 것이다.

　제목의 귀근歸覲은 둘째 구의 귀녕歸寧과 같은 말이다. 시집간 여
자가 친정에 가 부모님을 만나 뵙는 것을 뜻한다. 시의 마지막 구절
에 나오는 리정鯉庭은 자식이 부모에게 가르침을 받는 것을 말한다.
공자의 아들인 리鯉가 뜰을 지나가다 아버지로부터 시詩와 예禮를
배웠다는 일화에서 나온 말이다.

이 시는 단순하다. 여종이 친정에 간다는 말을 했다는 것이 앞 두 구절이고, 그 말을 듣고 자신의 처지를 돌아보는 것이 세 번째 구절이다. 마지막 구절은 그리움을 드러낸 것일 뿐이다.

그리움이란 어쩌면 이 시처럼 단순한 것인지도 모른다. 구구절절한 사정을 털어놓지 않고 그저 현재 자신이 맞닥뜨린 처지만 이야기하는 말 속에는 얼마나 헬 수 없는 마음의 물결들이 남아 있는 것인가!

시인은 단순한 서술만으로 이처럼 그리움을 불러낼 줄 아는 존재다. 그래서 세 번째 구절의 첫 시어인 감탄사 '차嗟'에는 만감이 교차하는 그리움이 담겨 있는 것이다.

김소월은 「가는 길」이라는 시에서 "그립다 말을 할까 하니 그리워"라고 토로했다. 문학 평론가 김현은 이 시를 그리움의 극대화된 상태라고 했다. 가장 지극한 그리움은 그립다라고 말하기 직전의 상태, 그리움이라는 말이 입 밖으로 나오지 않은 순간임을 예리하게 간파해 낸 해석이다. 그립다고 말하려고 하니 정말 그리움이 극대화되는 것을 노래한 시라는 것이다.

이 시의 '차嗟' 또한 그런 그리움이 극대화된 감탄사라고 할 수 있다. 남편은 죽고 홀로 남아 지켜야 하는, 기댈 사람조차 없는 시댁에서, 늘 눈물로 그리워해야만 했던 친정어머님에 대한 막막한 그리움이 이 한 마디 탄식의 말 속에 고스란히 담겨 있는 것이다.

친정으로 간다는 여종에게 빗대어 자신의 감정을 끌어오는 이 시는 그래서 더 애달프다.

육십이 넘은 우리 또래 친구들 중에도 아직 어머님이 생존해 계신 경우가 종종 있다. 어머님을 여읜 내게는 세상에서 그런 친구가 가장 부럽다. 어머니는 존재하시는 것 자체만으로도 자식에게 든든한 배경이고 기댈 언덕이기 때문이다.

아마도 남 씨 또한 먼 친정의 부모가, 특히 어머니가 그렇게 그리웠을 것이다.

세상의 모든 어머니는 그리움이다.

사랑의 연속성

어머니의 사랑은 동시대의 이웃에게 확대될 뿐만 아니라 시간적으로도 확장성을 지닌다. 내가 받은 어머니의 사랑은 이웃에게 확산되면서 동시에 대를 이어 전해진다. 그래서 어머니의 사랑은 보편적이고 연속적인 것이라고 할 수 있다.

그렇게 사랑의 연속성을 노래한 시가 있다.

낙엽이 우수수 떨어질 때,

겨울의 기나긴 밤,

어머님하고 둘이 앉아

옛이야기 들어라.

나는 어쩌면 생겨 나와

이 이야기 듣는가?

묻지도 말아라, 내일 날에

내가 부모되어서 알아보랴?

   김소월의 「부모」다. 이 시의 시적 주체는 지금 어머니와 앉아 있
다. 방문 밖에서는 우수수 낙엽이 지고, 어머니는 당신이 살아온 옛
날이야기를 들려주고 있다. 시집와 고생스럽게 살았던 오래 전의
이야기일 수도 있고, 가난으로 힘겹게 살아와야 했던 어느 순간의
이야기일 수도 있다.

   시인은 그런 옛날이야기의 내용을 굳이 말해 주지 않는다. 그것
은 이 시가 옛날이야기의 내용이 아니라 어머니와 둘이 앉아 이야
기를 나누는 지금의 시간이 더 소중함을 말하고 있기 때문이다. 과

거의 고통스럽던 삶이 이제는 다 풀려 그것이 실제이든 아니든 상관없이, 지금 어머니와 자식은 무릎을 맞대고 지나온 이야기를 나누고 있는 것이다. 옛날이야기를 추억처럼 나눌 수 있는 것은 그만큼 현실이 푸근하다는 의미다. 어쩌면 삶이 더 곤고해졌을 수도 있지만, 그러나 옛말 하고 살 만큼 이 모자는 지금 행복하다.

그런데 그냥 행복하다면 이 시의 맛은 절반쯤 줄어들 것이다. 이 시의 시적 주체는 어머니의 옛날이야기를 들으며 곰곰 생각하고 있다. 어머니와 나는 대체 어떤 인연으로 이렇게 만나게 된 것일까? 생각의 답은 2연의 마지막 두 행에 있다. 오랜 세월 후 내가 부모가 되면 그 답이 저절로 떠오를 것이라는 말이다. 그때가 되면 시적 주체가 이번에는 부모가 되어 자식에게 옛날이야기를 들려주게 될 것이다. 그리고 그 이야기 속에는, 아마도 그때는 돌아가셨을 자신의 어머니의 이야기가 담겨 있으리라.

부모란 이처럼 행복과 사랑을 다음 대인 자식에게 전해 주는 존재임을 이 시는 넉넉하고 푸근하게 노래하고 있다. 연속적인 어머니의 사랑이 이 시를 통해 시인이 우리에게 전달해 주려는 의미라고 할 수 있다.

부르다 부르다 목 메이는 노래

내가 살고 있는 이곳은 막다른 골짜기다. 우리 집 위로는 더는 집도 없고 첩첩 산이다. 때로는 하루 종일 사람 한 명도 볼 수 없는 곳에서 나는 가끔 이런 노래를 부르곤 한다.

> 엄마 일 가는 길에 하얀 찔레꽃
> 찔레꽃 하얀 잎은 맛도 좋지
> 배고픈 날 가만히 따먹었다오
> 엄마 엄마 부르며 따먹었다오

이원수의 동시 「찔레꽃」을 바탕으로 이연실이 부른 노래다. 저녁어스름, 마당가에 나와 총총 떠오르는 별들을 보며 이 노래를 부르다가 나는 목이 메곤 한다.

아무도 오지 않는 밤은 점점 깊어 오고, 산 저쪽에는 돌아가신 어머니의 산소가 있다. 내 노래는 거기 계신 어머니의 귀에 닿을 수 있을까?

어머니는 불러도 불러도 그리운 이름이다. 내가 지금 이렇게나마 살 수 있었던 것은 어머니의 기도 덕분이라는 생각을 하면 더 목이 멘다.

대학 시절, 나는 자주 시위에 앞장서곤 했다. 그 시절 대학생이면 누구나 다 그랬으리라. 독재 정권의 우두머리가 갑자기 부하의 총에 죽고, 다시 독재의 하수인이 정권을 잡기 위해 온갖 폭력을 행사하던 시기였다.

방송에서는 연일 대학생을 폭력 집단으로 매도하고 있었다. 불안은 점점 사람들의 마음속으로 군홧발 소리를 울리며 다가오고 있었다.

나는 자주 최루탄 가루를 몸에 묻힌 채 집으로 돌아오곤 했다. 그 '서울의 봄'이 갈 때까지 어머니는 그러나 내게 데모를 하지 말라는 말을 한 마디도 하지 않으셨다. 그저 걱정되는 눈빛으로 바라보기만 하실 뿐이었다.

어느 날, 버스 정류장에서 내려 집으로 걸어갈 때였다. 저쪽에 어머니가 서서 나를 지켜보고 계셨다. 몸피가 작으셨던 어머니는 사람들 속에 가려 확실하게 보이지는 않았지만, 분명 어머니였다. 내가 어머니를 발견했다는 것을 모르시는지, 어머니는 버스에서 내리는 사람들을 주의 깊게 바라보다가 나를 발견하시곤, 이내 걸음을 돌려 집으로 향하셨다. 나는 모르는 체 멀찌감치 떨어져 어머니 뒤를 따라갔다. 행여 어머니가 그런 나를 볼까 봐 걸음을 늦춰

걸었다.

어머니는 아들 안부가 걱정이 되어 매일 버스 정류장에 나와 나를 기다리셨던 거였다. 그리곤 내가 보이면 그제야 안심을 하고 집으로 돌아가셨던 것이었으리라.

아들을 보고 한 마디도 하지 않고 그저 안심하는 마음만 간직하셨던 어머니의 그날을 나는 지금도 잊지 않고 기억한다.

세상의 모든 어머니들은 기다려 주는 존재다. 그 기다림의 바탕에는 자식에 대한 믿음이 있다. 야단치지 않고, 자신의 걱정을 드러내지 않고, 그저 묵묵히 기도하고 끝까지 믿고 기다려 주는 어머니의 마음이 있어 자식들은 올바르게 자라 어른이 된다. 그리고 어른이 되어서야 그 어머니의 마음을 헤아리게 되는 것이리라.

어쩌면 신사임당도, 남일헌 정 씨도, 김소월도 그런 어머니의 마음을 헤아린 사람들일 것이다. 기다려 준 어머니의 마음을 헤아릴 줄 아는 나이가 된다는 것은 비로소 어른이 되었다는 말이고, 세상을 볼 눈을 갖게 되었다는 의미리라.

며칠 후면 어머니 기일이다. 돌아가신 지 20년 가까이 되지만, 여전히 어머니는 내 곁에 계시다. 이번 기일에는 어머니가 좋아하시던 인스턴트 커피 한 잔을 제사상에 올리려고 한다. 늘 내가 타 준 커피를 좋아하시던 어머니를 기억하면서 말이다. 커피를 음복하며 내 자식들에게 할머니 이야기를, 나도 김소월처럼 들려주고 싶다.

나를 위해 평생 기다릴 줄 아셨던 어머니 덕에 나도 어른이 되어 세상을 볼 줄 알게 되었다고 내 마음속 축문도 읽어 드려야겠다.

살아남은 자의 슬픔

슬픈 차례 상

그해 4월 16일 이후 대한민국의 시계는 멈춰 있다. 그냥 멈춰 있는 것이 아니라 일부는 그 시곗바늘을 뒤로 돌리려고 몸부림을 친다. 300명이 넘는 아이들을 수장을 시키고도 전혀 반성이 없는 정부, 국가를 개조하겠다더니 다시 그 이전으로 돌아가 버린 국가를 보면 암담하기 그지없다.

한 나라의 품격은 그 정부의 진정성에서 나온다고 한다. 대한민국 국민임이 부끄러워지는 현실에서, 유가족들은 추석을 맞았다. 설보다도 더 큰 명절인 추석에도 그들은 차례 상을 차리지 못하고,

조상들에게 감사의 인사를 전하지도 못하고, 광화문 차디찬 돌바닥에 앉아 있다.

밥을 굶으며, 목이 찢어져라 진실 규명을 외치지만, 세상은 대답이 없다. 목숨을 건 단식을 하고, 함께 아픔을 나누는 사람들 옆에서 폭식을 하는 사람들이 있는 한, 대한민국의 품격은 아직 멀었다. 유가족의 슬픔을 제 것처럼 느끼지는 못할 망정, 분열시키고 진실을 은폐하려는 권력이 있는 한, 대한민국은 아직 후진국이다.

유가족들은 추석날 합동으로 기림 상을 차렸다. 차례는 돌아가신 조상들을 기리는 일인데, 자식을 잃었으니 차례라고 할 수는 없었을 테고, 그저 아이들이 좋아하던 음식들로 슬픔을 달래려는 마음이었을 것이다.

피자와 치킨 같은 것들을 놓은 기림 상을 보면서, 나는 문득 4월 16일이 없었다면 저들은 지금쯤 추석 상을 앞에 놓고 오순도순 이야기꽃을 피웠을 것이라는 생각을 했다. 그 생각 끝에 눈물이 찔끔 흘러나왔다. 대한민국은 지금 울고 있는 것이다.

나 없는 자리에 웃음꽃은 피어나리

나 홀로 먼 땅을
떠도는 마음

명절이면
내 고향 더욱 그리워

지금쯤 형제들
언덕에 올라

산수유 가지 꽂으리
그 중에 한 자리
비어 있으리

　왕유王維(701-761)의 시 「9월 9일 산동 형제를 생각하며[九月九日憶山
東兄弟]」는 성당盛唐 시대의 작품이다. 이 시의 핵심 정서는 그리움이
다. 그러나 그 그리움은 뼈에 사무치는 절절한 것이라기보다는 외
로움에 가깝다. 그리움을 객관화시켜 놓고 시인은 외로워 하고 있

는 것이다.

9월 9일은 중양절重陽節이다. 중양절은 말 그대로 양陽의 수가 두 번 겹친 날이다.

중양절에는 국화전을 부쳐 먹고, 산수유 가지를 꺾어 주머니에 꽂고 산을 오르는 풍습이 있다. 장방이라는 사람이, 9월 9일에 마을에 재앙이 생길 터이니 모두들 산수유를 꽂고 산 위로 올라가면 재앙을 면할 수 있다고 했단다. 마을 사람들이 그의 말대로 하고 돌아와 보니 집 안의 가축들이 모두 죽어 있었는데, 사람들만은 높은 곳으로 가서 재앙을 피할 수 있었다는 일화에서 그런 풍습이 생겼다고 한다.

양의 기운이 겹쳐 있는 날, 마을 사람들이 산에 올라 축제를 벌이는 그 명절을 기억하며 왕유는 고향을 떠나 타향을 떠도는 자신의 외로움을 노래하였다.

시 첫 구절에서 시인은 자신의 외로움을 세 번에 걸쳐 드러내고 있다. 혼자[獨], 낯선 땅[異鄕]에서 나그네[異客]가 되어 있다는 고백이 그것이다. 독獨, 이異라는 시어가 모두 이런 외로움을 강조하는 반복적인 시어다.

이들 외로움의 시어들은 두 번째 구절의 가절佳節을 만나 더 깊어진다. 명절에 혼자 있는 것만큼 외로운 것도 드물기 때문이다. 첫 구와 두 번째 구는 그래서 모두 외로움을 극대화시키는 감정을 끌어내고 있다.

세 번째 구절에서 비로소 시인은 외로움을 달래기 위해 추억을 살려 낸다. 그것은 고향에 있는 형제들이 지금쯤은 함께 높은 곳으로 올라가고 있을 것이라고 기억하는 것이다. 마치 자신도 그 형제들과 함께 있는 것 같은 생각조차 든다.

그러나 마지막 구절에서 보이듯이, 지금 시인은 그 자리에 없다. 형제들 다 모여 산수유 꽂는 그 행복한 자리에 자신만 빠져 있는 현실을 깨닫는다. 그래서 외로움은 더 깊어질 수밖에 없다.

이 시는 왕유가 17세 무렵에 쓴 것이다. 이때 그는 홀로 낙양洛陽과 장안長安 어름을 떠돌고 있었다. 그의 고향은 박주薄州(지금의 산서성 영제山西省 永濟)였다. 화산華山의 동쪽이라서 산동 형제라는 제목을 붙였고, 그곳 고향을 그리워하며 명절의 외로움을 시로 적은 것이다.

이 시를 읽으면서, 자꾸 세월호 가족들의 기림 상이 떠올랐다. 왕유는 살아 있는 고향의 형제들을 추억하면서도 이렇게 외로워했는데, 세월호 유가족들은 얼마나 더 깊은 외로움에 사무쳐 있는 것일까?

살아 있는 내내 그들은 추석이나 설 같은 명절에는, 아니 어쩌면 남은 가족들이 모여 있는 자리에는 늘 누구 하나가 없음을 곱씹어야 할 것이다. 그 빈자리는 영원히 채울 수 없을 것이다. 살아남은 자의 슬픔을 평생 낙인처럼 안고 살아야 할 사람의 상처가 왕유의 시를 읽으며 더 가슴을 아리게 만든다.

자식을 잃고 나는 우네

번뇌는 뿌리조차 없는 법
자식은 은혜와 사랑으로 생기는 것
불쌍하게 여기는 내 마음이야 다 사그라졌어도
슬피 우는 어미 울음은 들을 수 없네.
잠시 왔다 스러지는 게 세상 이치이니
함께 죽자는 것은 헛된 말일 테지
하고많은 상처는 말할 곳조차 없는데
흐르는 눈물은 흔적만 기억할 뿐

원천석元天錫의 「경자년 정월 19일 태어난 내 딸이 갑자기 올 5월 17일에 병으로 죽어 통곡하며 쓰다[庚子正月十九日生女頎然且異至今年五月

十七日病亡筆以哭之」라는 긴 제목의 시다.

제목이 시의 배경을 짐작케 해 준다. '경자년 정월 19일에 낳은 내 딸은 곱고 똑똑했다. 올 5월 17일에 병으로 세상을 떴으니, 글로 그 아이에게 곡을 한다'며 구구절절한 제목을 달아 놓은 것은 그만큼 자식에 대한 사랑과 상실의 슬픔이 애절하다는 것을 보여 준다.

아이는 죽고, 어미의 눈물만이 가득하다. 시인 자신은 자식을 잃은 슬픔을 다 잊었다고, 삶이란 원래 허망한 것이라고 하지만, 속을 들여다보면 결코 슬픔을 잊지 못하고 있다. 아내의 울음을 통해 시인은 자신의 울음을 감추고 있는 것이다. 그래서 상처는 말할 곳조차 없을 정도로 크고 깊음을, 울면서 자식과의 애틋한 추억을 기억하고 있음을 읊고 있다.

원천석(1330-?)은 고려에서 조선으로 왕조가 바뀌는 시기를 살다 간 시인이었다. 그는 평생 벼슬다운 벼슬에 나간 적 없이 본향인 원주의 치악산에서 살다 생을 마친 방외인이었다. 그는 고려 때 진사가 되기는 했지만 관직에 나가지는 않았다. 조선이 건국되고 고려가 멸망했지만, 그렇다고 그러한 상황에 맞서 실천적으로 싸운 사람도 아니었다. 그저 현실의 세태를 개탄했을 뿐, 현실에 나가 어떤 부귀와 지위도 차지하려는 생각이 없었다.

실제 태종 이방원의 스승이었으니, 마음만 먹으면 조선에서 좋은

자리 하나쯤 차지하는 것은 어렵지 않았을 것이다. 그러나 현실에
서 떠나 자연 속에 은둔하면서 현실의 문제들을 짚어 보는 데까지
가 그의 역할이었다.

그는 야사 6권과 시집 5권을 썼다고 하는데, 전해지지 않는다. 특
히 야사는 열어 보면 화를 당할지 모른다고 했다. 후대의 자손 중
누군가가 그 책을 보고 겁이 나 불태워 버렸다는 이야기가 전해지
는 것으로 보아, 원천석은 조선 건국의 부당함과 불의함, 그런 내면
의 비밀을 글로 써냈던 것으로 짐작된다. 현재는 「운곡시사」 5권만
전해진다. 이 시집에는 1,144수의 시가 담겨 있다.

그는 고려 충정왕 3년(1351년)에서 조선 태조 3년(1394년) 때까지 44
년간의 경험을 다양한 형식의 시로 담아낸 현실주의적인 시인이었
다. 그의 시들은 기교적인 표현법보다는 자신의 뜻을 담담하게 그
려 내고 있는데, 위에 인용한 시 역시 그러한 그의 시적 경향을 잘
드러내고 있다. 특별한 상징이나 비유 없이 자식을 잃은 슬픔을 직
정적으로 그려 내고 있다.

임금이나 아버지가 돌아가신 슬픔을 흔히 '천붕지통天崩之痛'이라
고 한다. 하늘이 무너지는 것 같은 아픔이라는 말이다. 아주 크고
견딜 수 없는 아픔을 '억장億丈이 무너진다'고도 한다. 억장은 한두
길이 아니라 억 길이나 될 만큼 높은 것을 말하기도 하고, 가슴을

뜻하는 속어이기도 하다. 그러니 '억장이 무너진다'는 말은 거대한 높이의 어떤 것이 무너지는 일이거나 가슴이 무너지는 일이다. 즉 견딜 수 없을 정도의 아픔이다.

그러나 임금이나 부모의 죽음보다도, 더 억장이 무너질 슬픔은 자식의 죽음이다. 자신이 낳은 어린 아이들은 당연히 자신보다 더 오래 살아야 하는 것이 순리다. 그런데 그 순리를 거스르고 자식이 먼저 죽게 되는데, 하늘이 무너지는 슬픔 따위가 어찌 비교가 되겠는가?

그래서 원천석은 자식의 죽음을 겪고 난 뒤, 자식을 '불쌍히 여기는 마음'이 다 사그라졌다고 하지만, 여전히 눈물을 흘리며 자식의 흔적을 기억하고 있는 것이다. 잊었다고 겉으로는 말하지만, 영원히 잊을 수 없는 슬픔 앞에서 망연해지는 시인의 모습이 눈에 선하다.

그리고 그 시에 오버랩overlap되는 단원고 유가족의 슬픔도 가슴을 저며 온다.

슬프지 않게 우는 법

유리에 차고 슬픈 것이 어른거린다.
열 없이 붙어 서서 입김을 흐리우니

길들은 양 언 날개를 파닥거린다.

지우고 보고 지우고 보아도

새까만 밤이 밀려 나가고 밀려와 부딪히고,

물 먹은 별이, 반짝, 보석처럼 박힌다.

밤에 홀로 유리를 닦는 것은

외로운 황홀한 심사이어니,

고운 폐혈관肺血管이 찢어진 채로

아아, 너는 산새처럼 날아갔구나!

정지용의 시 「유리창1」이다. 그는 이 시에서 자신의 슬픔을 '슬프지 않게 통곡하고' 있다. 슬프지 않다는 것은 감정을 안으로 다스리고 있다는 뜻이다. 그래서 평론가들은 이 시를 '감정의 절제를 극대화' 하고 있다고 말한다. 그러나 감정을 누르는 이 시야말로 가장 슬프게 통곡하고 있는 시다. 그래서 다른 어떤 시보다도 더 슬픔을 드러내고 있다고 역설적으로 말할 수 있다.

정지용(1902-1950)은 문학사에서 흔히 모더니즘 시인으로 알려져 있지만, 그의 시적 경향은 그렇게 하나만으로 정의할 수 없다. 자연주의적인 시도 있고, 지극히 사실주의적인 시도 있다. 그의 대표작 「향수」는 또 얼마나 서정적인가.

이 시는 그가 아들을 잃고 쓴 작품이라고 한다. 아들을 잃은 슬픔, 자식을 먼저 보낸 아픔을 그는 이렇게 안으로 안으로 감추고 울고 있는 것이다.

시간은 한밤중이다. 세상은 온통 캄캄한 어둠에 묻혀 있다. 시인은 지금 유리창 앞에 서 있다. 유리는 차다. 그러나 유리가 찬 것이 아니라 자식을 잃은 시인의 마음이 유리처럼 차가운 것이다. 그래서 유리에 차고 슬픈 것이 어른거린다고 한다. 유리창 저 너머로 얼핏 산새처럼 날아가 버린 아이의 모습이 어린다. 새처럼 날아가는 아이는 날개를 파닥거린다. 파닥거리는 것은 생존을 위한 몸부림이다. 시인은 맥을 다 놓고 서서 유리창에 입김을 불고, 유리창에 서린 김을 닦는다. 유리에 입김을 불어 닦는 것은 창 너머의 새를 좀 더 가까이 보고 싶은 심사다. 그래서 입김을 지우고 보고, 또 불어 유리창을 닦고, 또 지우고 본다. 그러나 유리창 너머에는 죽은 아이의 모습은 없고, 새까만 밤이 가득하다. 그리고 거기 물먹은 별이 반짝, 박혀 있다.

'반짝'의 앞뒤로 쉼표를 붙여 놓은 시인의 의도가 짐작된다. 이승에 잠시 왔다 간 아이, 그 아이는 마치 별처럼 한순간 반짝 하고 가 버린 것이다. 그래서 아이가 살았던 이승의 시간을 그는 쉼표로 분리시켜 '반짝'이라고 표현하고 있다.

어두운 밤, 유리창을 닦으며 만나는 아이는 짧았던 이승의 인연처럼 시인에게는 소중하고 아름다운 존재였다. 그 아이를 잃은 지금의 시인은 누구보다도 슬프다. 그래서 시인은 유리를 닦는 자신의 행위를 '외로운 황홀한'이라는 역설적인 언어로 담아내고 있다. 아름다움과 슬픔이 공존하는 공간이 바로 밤이고, 유리창 앞인 셈이다.

이렇게 보면 이 시는 감정을 절제함으로서 무엇보다도 가장 큰 슬픈 울음을 울고 있는 것이라고 할 수 있다.

슬픔은 힘이 세다

"잘해 줄 걸. 사랑한다고 많이 말할 걸. 내 옆에 꼭 잡고서 놔주지 말 걸. 너무 많은 아쉬움과 후회가 엄마 자신을 용서할 수 없게 만들고 있어. 미안해. 너무너무 미안해. 사랑해. 너무너무 사랑해. 다시 엄마 딸로 와 달라고 하면 와 줄 거지?

우리 예쁜 경주야. 엄마 힘내서 경주 만날 때까지 떳떳하게 살 수 있게 열심히 행동할게. 지켜봐 줘. 사랑한다. 내 딸 이경주."(2014년 9월 29일자 한겨레 신문에 실린 단원고 이경주 양 어머니 편지)

춤추는 것을 좋아했다는 이경주 양을 보낸 어머니는 지금 울고 있다. 그러나 그냥 울고 있지는 않고, 죽은 딸의 몫까지 떳떳하게 살겠다는 다짐을 하고 있다. 그 다짐은 어쩌면 죽은 경주 양이 어머니에게 북돋워 준 힘일지도 모른다. 지독한 슬픔을 견뎌 낸 사람이 비로소 그 슬픔을 이겨 내는 힘을 갖게 되는 법이다.

외로움 속에서 형제의 사랑을 길어 올린 당나라 시인 왕유처럼, 자식의 죽음 뒤에야 삶의 이치를 깨우친 원천석이나, 아들을 잃은 슬픔을 통곡하지 않고 울 줄 아는 정지용처럼, 어쩌면 세월호 유가족들은 지금 슬픔을 견뎌 내고 더 강하고 단단한 사람으로 거듭나고 있는지도 모른다.

아니, 어쩌면 세월호를 겪은 우리 사회는 더 단단해지고, 부조리한 권력 앞에서 더 당당하게 맞서는 힘을 갖게 될 것이다. 비록 진실을 가리려는 헛된 몸부림이 그 앞을 막아서도 말이다. 그래서 슬픔은 힘이 세다. 슬픔이야말로 모든 것을 내려놓고, 내려놓은 자리에서 다시 시작하게 만드는 원천이기 때문이다.

시간을 걷는 길, 실크 로드

위성엔 아침 비

날아온 먼지 씻는 비

여관 앞 푸릇푸릇

싱그러운 버들 빛

그대여,

이 술 한 잔

다시 들게나

서쪽 양관 밖에는

나 같은 친구조차 없을 터인데

-왕유王維 「친구 원이를 안서로 보내며[送元二使安西]」

고성에 비는 내리고

시안[西安]은 번잡하면서 느긋한 곳이다. 이 형용 모순의 두 언어
만큼 시안을 잘 드러내는 말은 없다. 시안에는 과거와 현재가 혼재
해 있다는 의미다. 시안의 과거 모습은 느긋함이고, 소위 중국의 서
부 대개발의 중심에 놓인 현재는 번잡함이다. 그래서 시안 여행은
이 두 언어의 어느 쪽을 선택하느냐에 따라 달라질 수밖에 없다.

내게 시안은 느긋한 곳이다. 실크 로드 답사를 위해 나는 지금까
지 두 번 시안을 다녀왔다. 시안은 과거의 이름 장안長安으로 우리
에게 더 잘 알려져 있다. 장안은 전한前漢, 수隋, 당唐 세 나라의 수도
였다. 이곳이 바로 실크 로드의 시작 지점이고, 동서양의 문물이 융
합을 이루는 국제적인 도시였다. 시안은 오랜 세월의 부침 속에서
도 옛 흔적을 고스란히 간직한 채 역사적인 도시로 남아 있다.

시안에서는 당나라 시인 왕유王維(699-759)를 기억해야 한다. 아니,
실크 로드의 모든 길에서는 왕유를 떠올릴 수밖에 없다. 실크 로드

의 중간중간에 있는 오아시스 도시마다 왕유의 시는 그 증거라도 되는 듯, 곳곳에 걸려 있다. 상점에도, 호텔 로비에도 왕유의 시「친구 원이를 안서로 보내며[送元二使安西]」가 자리 잡고 있다. 그리고 여행자는 그 길에 서서 왕유의 시간을 떠올리게 된다.

왕유는 친구 원이와 이별을 하고 있다. 이별의 장소는 위성에 있는 여관 앞이다. 위성渭城은 진秦나라 때의 함양성咸陽城을 한漢 대에 이르러 바꾼 이름이다. 장안長安의 서북쪽, 위수渭水(황하의 지류)의 북쪽에 있어 위성이라는 이름을 붙였다. 원이元二는 왕유의 친구다. 본명은 원상元常이었는데, 둘째라서 원이라는 별명으로 불렀다.

원이는 안서도호부安西都護府로 발령을 받아 떠나가는 중이다. 안서도호부는 지금의 쿠처[庫車]다. 그러니 원이가 가야 할 길은 실크 로드다. 이 무렵 실크 로드로 가는 사람은 대부분 위성에서 작별을 했다. 떠나가는 사람은 이제 위성 밖으로 나가 사막을 건너야 한다. 그 사막은 그냥 단순한 모랫길이 아니다. 고비와 타클라마칸이 연달아 있는 막막하고 아득한 길이다.

동진東晉의 법현法顯 스님은 인도에 불경을 구하기 위해 이 사막을 건넜다. 그의 여행기인 『불국기佛國記』에는 이 사막을 이렇게 말하고 있다.

"하늘을 나는 새 한 마리 없다. 땅을 달리는 네발짐승도 없다. 오직 앞서 간 사람들의 해골로 이정표를 삼을 뿐이다."

위성을 나서면 어쩌다 나타나는 작은 오아시스 도시 이외에는 사람의 흔적조차 찾을 수 없는 길, 죽음과 맞닥뜨리는 길이 바로 이곳이다. 그러니 원이와의 이별은 어쩌면 살아서는 다시는 만날 수 없는 이별일지도 모른다.

그 애달픈 이별 앞에서 왕유는 석별의 시를 짓는다. 그런데 슬픔을 보다 진하게 만드는 것은 장안의 풍경이다. 얄궂게도 그날 장안 위성에는 아침 비가 내렸다. 장안은 사막에 세워진 도시다. 고비 사막에 자리 잡은 장안은 그래서 늘 모래 먼지에 덮여 있다.

처음 시안에 발을 디뎠을 때, 나는 도시에 늘어선 플라타너스의 넓적하고 푸른 잎들에 마음이 한없이 느긋해졌었다. 그러나 자세히 보니 그 잎들은 온통 모래 먼지를 덮어 쓴 채 뽀얗게 색이 바래 있었다. 한여름 더위는 온몸을 축축 늘어지게 만드는데, 바람 한 점 없어 가로수 잎에 덕지덕지 내려앉은 모래 먼지들은 내 여행길을 더 막막하게 만들어 버렸다. 나는 사막의 도시, 시간 저편의 도시에 불시착한 것이 아닌가 하는 몽롱함에 젖어 들고 말았다.

그런데 그 밤에 비가 내렸다. 시안에서는 흔치 않은 비라고 했다. 이튿날 아침, 길가에 나간 나는 세상에서 가장 싱그러운 풍경과 마주할 수 있었다. 밤에 내린 비로, 온통 먼지에 휩싸여 있던 것 같던

도시는 말갛게 몸을 씻고 있었다. 그것은 마치 어제와는 다른 새로운 도시로 건너온 것 같은 착각을 불러일으켰다. 어젯밤 더께처럼 쌓여 있던 플라타너스 잎들은 푸르디푸르렀다. 마치 새잎이 나온 것 같았다.

가장 아름다운 것은 대조에서 창출된다. 막막한 사막의 길을 떠나야 하는 이별의 슬픔은 왕유의 시 첫 구절과 두 번째 구절의 아름다움을 통해 극대화된다. 그것이 바로 대조로 형성된 감정의 극대화이다. 장안, 아침에 비가 내리고, 어제의 먼지 덕지덕지했던 버드나무 잎은 눈부시게 푸르다. 그 푸르름은 3, 4구의 친구와의 이별의 정서를 극대화한다. 싱그러움과 이별의 상반되는 두 정서가 아쉬움을 극대화하는 것이다.

이 시에서 이별을 극대화하는 한 글자를 꼽으라면 나는 서슴없이 '다시[更]'를 선택하리라. 그저 '다시'라는 단순한 부사가 아니다. 갱更은 헤어짐을 아쉬워하는 왕유의 마음이 고스란히 담긴 시어다. 밤새 함께 술을 마셨고, 그래도 이별의 아쉬움은 지워지지 않는다. 그래서 아마도 버드나무에 매어 둔 말고삐를 잡은 친구 원이에게 왕유는 술 한 잔을 들고 달려 나온다. 그리고 '다시' 한 잔을 권한다. 자네가 가는 그 먼 길, 양관陽關(돈황 근처에 있는 관문)을 나서면 이제 친구도 없을 거야, 라며 '다시' 권하는 한 잔 술의 의미는 바로 지워지지 않는 아쉬움이다. 그러니 '다시'라는 말 속에는 살아오는 동안 두 사람이 쌓아 온 추억이 담겨 있고, 지난밤 둘이 나누었던 수많은 이야기가 담겨 있고, 친구가 앞으로 걸어가야 할 막막한 사막의 길에 대한 위로와 공감이 깃들어 있고, 어쩌면 영원한 이별이 될지도 모르는 슬픔의 마음이 숨겨져 있다.

두 번째 시안을 방문한 날 밤에도 비가 내렸다. 나는 회족 사원인 청진사 주변으로 길게 이어진 회족 거리의 어느 양꼬치 구잇집에서 내리는 빗줄기를 바라보며 멍하니 앉아 있었다. 내 앞에는 한 꼬치에 1위안 하는 양꼬치 열 개쯤에 맥주 서너 병이 놓여 있었다. 그리고 비를 맞으며 회족 거리를 오가는 사람들이 흐린 불빛 너머에 어른거렸다. 그날 나는 맥주에 취한 것이 아니라 그 풍경에 취해 있었다. 거리를 오가는 사람들은 마치 아득한 시간 저편에서 온 것 같았다. 그리고 그 몽롱한 풍경의 어느 구석에서 나는 어쩌면 왕유나 원이를 만난 것인지도 모르겠다. 시간의 굴레에 매여 남아 있는 수많은 왕유 같은 시안 사람들과, 원이 같은 나의 그렁그렁한 눈동자가 잠깐이나마 마주치며 스쳐 지나간 것은, 어쩌면 내가 원이가 걸어가야 했던 실크 로드의 그 먼 길을 앞에 둔 여행자였기 때문이었으리라.

먼지 푸르른 마을, 쿠처[庫車]

실크 로드의 이곳저곳을 헤매다 들른 쿠처는 먼지가 가득했다. 사막에 있는 모든 오아시스 마을이 다 그렇지만, 쿠처에 먼지가 더 심한 것은, 이곳이 타클라마칸 사막의 한가운데 자리 잡고 있기 때문이리라.

포장된 길에도 먼지가 쌓여 차가 달리면 자욱하게 시야를 가릴 정도다. 그러나 길가로는 아득하게 하늘을 찌를 듯 포플러가 솟아 있다. 길 양옆으로 마치 열병식 하듯 서 있는 이 포플러들로 쿠처는 더없이 싱그럽고 푸르다. 오아시스 마을 주변에 세워진 이런 나무들을 방사림防沙林이라고 부른다. 방풍림이라는 단어가 더 익숙한 우리에게 방사림은 낯설 수밖에 없는데, 어쩌면 마을을 감싸고 서 있는 이 키 큰 나무들 때문에 사막이 더 아름다운 것인지도 모르겠다는 생각이 들었다.

구자국龜玆國의 성터를 지난다. 성벽은 다 무너지고 흔적만 남아 있다. 사막의 유적은 어쩌면 시간에 마모되기 위해 존재하는 것인지도 모른다. 한때는 번성했던 오아시스 국가였지만, 이제 그 흔적들은 이렇게 강렬한 햇볕과 시간의 붓질로 사라지고 있다.

구자국은 한나라 때에는 가장 번성한 오아시스 국가였다. 구자국 성 안에만 6,790호의 집이 있었고, 인구가 81,300명이었다고 하니 그 규모를 짐작할 만하다. 지리적으로 인도와 가깝기 때문에 가장 먼저 불교를 받아들여 번성했고, 인도나 유럽으로 이어지는 실크 로드의 중심이 되면서 많은 교역상들이 구자국을 오가기도 했다. 그러나 후한後漢의 반초班超가 이 지역을 점령한 후부터는 쇠퇴의 길을 걷기 시작했던 곳이기도 하다.

당나라는 이곳에 안서도호부를 설치하고 주변 서역 지역 통치의 핵심 거점으로 삼았다. 왕유의 시 「친구 원이를 안서로 보내며」에 등장하는 원이의 목적지가 바로 이곳 쿠처였다.

그리고 이 쿠처에서는 당나라의 장군 한 명을 떠올리게 된다. 고구려 유민의 아들이었던 그는 세계사의 흐름을 바꾼 존재이기도 하다. 서기 747년, 그는 사라센과 손잡은 토번吐藩(티벳)을 공략하기 위해 전쟁에 나선다. 파미르 고원을 넘는 이 전투를 통해 그는 70여 개 지역을 당의 영향권 아래 두는 등, 당의 세력 확대에 지대한 공을 세운다. 또한 사라센 제국들과 맞서 싸운 탈레스 전투도 그가 이끈 싸움이었다. 이 전투에서 그는 비록 패하지만, 전투는 그저 치고 박는 무력의 현장만이 아님을 그 결과가 보여 준다. 중국의 제지술이 이 전투의 와중에 사라센에 전해지고, 사라센의 여러 문물들 또한 중국에 전파되었다. 싸움을 통해 문화의 교류가 이루어지게 된 것이다.

당나라와 서방의 교류에 지대한 공을 세운 그는 바로 고선지高仙芝 장군이다. 고구려가 망하고 당나라로 끌려간 아버지 고사계 장군의 아들로 태어나 쿠처에서 성장한 그를 떠올리면, 쿠처에 고선지 장군 유적이 하나도 없다는 것은 안타까운 일이다. 그러나 이 또한 막막한 사막의 모래바람을 생각하면 다 덧없다는 생각이 들기도 한다.

나는 그 덧없는 사막의 마을 쿠처를 떠돌며, 내내 고선지 장군을 노래한 두보杜甫의 시 한 구절을 떠올렸다.

고선지 장군의 푸른 말
높은 이름 싣고 돌아오네
오랜 세월 전쟁터에서 맞설 이 없었으니,
말과 사람 하나 되어 큰 공 세웠네
주인의 은혜 입어 돌아오는 길,
아득한 모래땅에서 달려오네
마구간에 엎드려 은혜를 받지 않고
싸움터에서 내달릴 생각을 하는 용맹함이여
짧은 발목, 높은 굽 쇠를 디디듯

교하交河에서 몇 번이나 얼음을 밟아 깨었으랴

오화문五花紋 흩어져 구름처럼 몸에 가득하고

만 리를 달리면 땀에서 피 섞여 흐르네

장안의 젊은이여 감히 이 말 타려 하지 마시게

번개를 스치며 달리는 것 모두 알 텐데

푸른 실로 머리 묶고 고 장군 위해 늙어 갈 뿐이니

언제 다시 횡문橫門으로 달려보려나

두보의 시 「고선지 장군의 말을 노래함[高都護驄馬行]」이다. 1, 2구에서는 고선지 장군의 말이 장안으로 돌아온다는 사실을 선언적이고 환희에 찬 목소리로 털어놓는다. 3구부터는 고선지 장군의 말이 얼마나 용맹스러웠나를 노래한다. 숱한 전쟁터에서 주인과 함께 전쟁을 치렀고, 그래서 큰 공을 세우기도 했다는 것이다. 교하고성 부근에서는 차디찬 얼음물을 깨며 건너기도 수차례였고, 피땀을 흘리며 용맹을 떨쳤다는 것은 말에 대한 칭송이다. 12구까지가 말의 공과 용맹을 숨차게 노래한다. 이 시의 마무리에 해당하는 13~16구는 이제 오랜 싸움에서 돌아오는 말에 대한 위로이며 안타까움이기도 하다. 장안의 젊은이들에게 이 말을 타지 말라고 하는 것은, 말에 대한 존경이면서 동시에 제 역할을 끝내고 늙어 가는 말에게 건네는 위로다. 그리고 그것은 현실이다. 다시는 실크 로드 사막 길을 용맹스레 내달릴 수 없게 되어 버린 처지를 위로하고 안타까워하는 발언이기도 하다.

이 시는 온전히 말에 대한 노래이지만, 그 속은 고선지 장군에 대한 칭송이라고 할 수 있다. 직접 고선지 장군에게 노래를 바치지 않는 것은 어쩌면 두보의 시적 상상력이 빚어낸 결과라고 할 수도 있을 것이다. 그러나 한편으로는 소수 민족, 그것도 망명한 고구려 유민의 후손인 고선지 장군의 처지를 고려했기 때문이 아닐까, 혹은 평생 동안 전쟁의 한가운데서 임무를 끝내고 돌아오는, 제 몫의 삶을 다 써 버린 장수에게 직접 노래를 바치기에는 그 공이 너무 컸던 때문이 아닐까 하는 상상이 자꾸 드는 것은 왜일까? 시의 대상인 말을 고선지 장군으로 바꾸어 놓으면, 이 시는 두보가 고선지에게 바치는 칭송과 위로의 시가 된다.

구자국의 옛 땅, 고선지의 꿈이 배어 있는 쿠처는 그래서 더 모래 먼지 아득하고, 앞길을 분별할 수 없는 우리의 삶처럼 막막하기까지 하다. 어쩌면 사막은 이렇게 우리 자신의 존재를 되묻게 하는 곳이 아닐까?

돈황, 모래가 우는 산

 돈황은 혜초의 여행기 『왕오천축국전往五天竺國傳』이 발굴된 곳이다. 돈황 외곽의 막고굴莫高窟 17번 동굴에서 이 여행기를 발견한 프랑스 인이 도굴을 해 가져간 것이 지금 전해지는 책이다. 혜초는 이곳 돈황에서 지금으로 치면 황제의 입국 비자를 기다렸던 것이다.

 그러나 내게 돈황은 막고굴보다 모래가 우는 산인 명사산鳴沙山으로 더 인상 깊은 곳이다. 대부분의 사막은 고운 모래가 있는 아름다운 곳이 아니다. 사막은 황무지에 군데군데 가시덤불의 낙타풀이 자라고 있는 막막하고 답답한 곳이다.

 그 황막한 사막이 이어지다 어느 곳에, 정말 어쩌다 고운 모래 산이나 언덕이 나타나기도 한다. 명사산이 바로 그런 곳이다. 해 질 무렵, 명사산 고운 모래 언덕을 올라 노을과 함께 어둠과 빛이 교차되는 사막의 능선을 보고 있으면, 귓가에 스르르 스르르 모래가 우는 소리가 들린다. 그러면 태초 이전의 아득한 시간 속으로 돌아가는 자신을 느끼게 된다. 그 막막하고 아득하면서도 한편으로는 쓸쓸하고 차분한 감정이 사막인 것이다.

 저물녘,

낙타를 타고 사막 산을 지난다

물감처럼 번지는 어둠

흐릿한 풍경 속에 들리는 것은

모래를 밟는 낙타의 발소리뿐

세상의 어느 길이 사막 아니었으랴

바람 불어 모래는 자꾸 제 몸 뒤척이는데

워낭 소리 어두울수록 또렷해지고

수천 리 밖에서 몸 감춘 설산의 물은

사막 속 선녀의 눈물로 솟는다

모래 우는 산 아래 여름이 와

사막의 삶이 더 고운 법이라고

어둠 속에서 환하게 빛나는 온갖 풀꽃들

짙어 가는 어둠에 제 몸 감추고 나자

사방 천지 적막, 소리 없음의 무한 공간

그 침묵을 깨고 달이 떠오른다

달빛 아래 모래 산이

운다, 소리도 없이 제 안으로

천 년 전 같은 하루가 또 저문다고

운다, 울어 걸어온 길이 모래알처럼

아득하게 흩어진다

그해 여름, 모래는 내 삶처럼 바삭이고

디딘 곳도 디딜 곳도 디뎌 갈 곳도

아득 막막하던 그 명사산에서

- 졸시 「모래가 운다」

　명사산鳴沙山에는 월아천이라는 조그만 호수가 있다. 호수라기보다는 연못같이 작은 곳이다. 모래 산 위에서 내려다보는 월아천은 눈물겹다. 막막한 사막과 생명의 근원인 물이 만나는 그 신비로움이 눈시울을 젖게 만든다. 월아천은 아득한 사막 건너 설산의 눈이 땅 속으로 흐르다 돈황에 이르러 솟아나는 것인데, 돈황이 사막으로 바뀌자 아름다운 돈황이 사막으로 바뀐 것을 슬퍼한 선녀가 흘린 눈물이 월아천이 되었다는 전설이 있다.

　어쩌면 우리의 삶도 저 모래 우는 산처럼 억겁 전생의 흔적들을 등에 지고 이곳에 살아 있는 것이 아닌가 하는 아득 막막한 생각이 명사산에서 들었다. 그리고 그 막막함은 고선지 장군의 말, 아니 고선지 장군이 가졌던 것일 테고, 친구를 보내는 왕유의 머릿속에 그려졌던 것은 아닐까? 삶이 아득하고, 걸어가야 할 앞길이 보이지 않던 그 무렵, 나는 명사산 어름을 헤매면서 그런 느낌을 이 시로 적었다.

돌아오지 않을 것처럼

야광배에 가득 담긴

향기로운 포도주

한 잔 들자

비파 소리 말을 재촉하네

그대여,

나 취해 사막에 쓰러져도

비웃지 말게

예전부터 원정 떠나

돌아온 이 몇 없었으니

당唐나라 시인 왕한王翰의 「양주사凉州詞」다. 원래 양주凉州는 지금의 감숙성甘肅省 무릉武陵의 지명이다. 그 지역의 민요인 <양주곡凉州曲>이 퍼지면서 시인들은 양주곡에 시를 지어 「양주사」을 지었다. 그 양주사의 대표적인 작품이 바로 왕한의 이 시다. 「양주사」는 변방 지역의 을씨년스럽고 황량한 풍경과 그 지역에서 살아가는 사람, 병사들의 애환을 주로 다룬다. 이른바 변새시邊塞詩의 일종인 셈이다.

이 시에는 변방 지역의 특징을 담아내는 여러 물품이 등장한다. 야광배, 포도주 같은 것들이다. 변경 지역의 특산이다. 이들 특산물의 등장만으로도 이 시는 변경 지역의 분위기를 물씬 풍겨 낸다.

야광배는 야광주라는 보석으로 만든 술잔이다. 야광주는 밤이면 빛을 낸다는 보석의 일종이다. 훌륭한 술잔이라는 의미이면서 실제 사막 지역의 특산품이기도 하다. 그 좋은 술잔에 포도주가 가득 담겨 있다. 포도주도 좋은 술이고, 변경 지역의 특산주다. 지금도 트루판 지역은 세계적인 포도 생산지다.

트루판은 화주火州라는 별칭으로 부르기도 한다. 깊고 깊은 내륙 사막 지역이지만 중국 전체 중에서 해발이 가장 낮은 곳, 막막한 타클라마칸 사막의 오아시스 마을이 트루판이다. 처음 이 트루판에 발을 디뎠을 때, 별칭대로 그 후끈한 열기에 나는 숨이 턱 막힐 것 같았다. 그러나 눈앞의 풍경은 더할 나위 없이 싱그러웠다. 가로수는 포도 덩굴이었는데, 길에 천정을 이루며 덮여 있었다. 그 포도 덩굴에는 송이송이 포도가 익어 가고 있었다. 거리에서는 노점마다 포도를 팔고 있었고, 포도구葡萄溝에는 드넓은 포도밭이 있었고, 건포도가 산처럼 쌓여 있었다. 실제 프랑스의 이름난 포도주 회사에서도 이 트루판 포도를 사 간다고 할 정도다.

트루판이 포도로 유명한 것은 천산의 맑은 물을 긴 수로를 거쳐 끌어왔기 때문이고, 사막이라는 기후적 특성이 포도 재배에 적당하기도 해서다. 밤낮의 큰 일교차는 포도의 당도를 극대화시킨다고 한다.

그 귀한 포도주가 야광배에 가득이다. 병사는 마시려고 하는데, 출정을 재촉하는 비파 소리가 다급하게 재촉을 한다. 그래도 병사는 야광배의 술을 놓지 않는다. 그러면서 변명처럼 내뱉는 말이 3, 4구이다. 비록 취해 사막에 쓰러져도 나를 비웃지 말라, 막막한 사막의 전쟁터로 나가 목숨을 걸고 싸우다 죽어 돌아오지 못한 병사가 한둘이 아니니, 라는 말이다. 아득한 변경, 앞이 보이지 않는 모래 산에서는 상대 군사와 자연 조건 둘 다가 적이다. 목숨을 건 환경에 놓인 병사들의 애환을 절절이 노래한 시라서 높은 평가를 받는 작품이다.

어쩌면 전쟁터에 나간 병사들만이 아니라 실크 로드를 지나는 모든 사람들에게 사막은 영원히 돌아오지 못할 길일지도 모른다. 현대의 첨단화된 운송 수단을 타고 가도 타클라마칸 사막에 들어서면 숨이 막힌다. 머릿속은 멍해지고, 온몸은 불 속에 있는 것처럼 뜨겁다. 조금만 시간이 지나도 정신이 몽롱해질 정도다. 밤이면 또 차디찬 냉기가 온몸을 감싼다. 일찍 겨울이 오고, 여름은 한없이 뜨거운 사막, 그 길이 바로 실크 로드다.

여행은 삶이다

실크 로드를 여행하는 것은 시의 세계로 들어서는 길을 가는 것이다. 변새시의 수많은 무대를 걷는 것이고, 숱한 시인들의 숨결을 느끼는 길이다. 현재의 시간을 살면서 과거의 시간으로 여행하는 것이 사막의 길이고, 타클라마칸과 고비가 있는 실크 로드의 길이다.

아니, 어쩌면 이 길은 영원히 돌아오지 못할 시간의 길을 걸어가는 것인지도 모른다. 우리의 현재의 삶 또한 돌아오지 않는 시간의 길을 걸어가는 것이라면, 세상의 모든 길은 실크 로드로 향한 길인 셈이다.

시는 여행이고, 여행은 삶이라는 깨달음이야말로 사막의 길인 실크 로드가 우리에게 깨우쳐 주는 교훈 아닐까?

표절과 절화

이효리와 신경숙

문단이 신경숙의 표절 문제로 난리 법석인 적이 있었다. 아니 문 단만이 아니라 대한민국 전체가 표절 시비로 몸살을 앓았었다. 국 회 의원이나 장관 후보자의 논문 표절 시비부터 음악, 미술에 문학 까지, 잊을 만하면 터져 나오는 표절 시비는 그때마다 사회를 떠들 썩하게 만들고는 이내 잊히고 말았다.

대중가요계에서 '씨엔블루'의 <외톨이야>가 락 그룹 '와이 낫'의 <파랑새>를 표절했다는 시비가 신문 지상에 오르내린 적이 있었 다. 결국 법정으로 가 표절이 아니라는 판결이 나오기는 했지만, 표절 문제는 당사자들에게 큰 상처가 되었을 것이다.

이효리도 표절 시비로 마음 고생을 했다. 4집 앨범에 수록된 6곡의 노래가 표절이라는 시비가 일자 이효리는 사태 파악에 나섰고, 작곡가가 남의 곡을 표절했다는 사실이 밝혀져서 활동 중단과 사과를 했다.

대중가요에서 비일비재하던 표절 시비가 2015년 문단에서 재현됐었다. 대한민국을 대표하는 소설가 신경숙의 소설 「전설」이 일본 소설가 미시마 유키오三島由紀夫(1925-1970)의 단편 「우국」을 표절했다는 이응준의 글이 파문의 시작이었다. 표절 제기에 신경숙은 그 작품을 읽어 본 적도 없다고 표절을 부인했고, 「전설」이 수록된 작품집을 낸 출판사인 창비도 작가의 의견에 동조하는 평을 내놨다.

작가와 출판사의 해명에도 불구하고 논란이 가라앉지 않자 결국 창비는 "일부 문장들에 대해 표절의 혐의를 충분히 제기할 법하다는 점을 인정한다"며 한 발 물러섰고, 이어 작가도 나서 "「우국」의 문장과 「전설」의 문장을 여러 차례 대조해 본 결과, 표절이라는 문제를 제기하는 게 맞겠다는 생각이 들었다"고, 하지만 자신의 기억으로는 그 작품을 읽지 않았다고 해명을 하는 바람에 문제는 더 불거지고 말았다.

표절 시비가 그 작가의 작품집을 냈던 거대 출판사인 창비와 문학동네, 문학과 지성의 문단 권력 문제로 번져 갔다. 거기에 백낙청 선생이 "문제된 내용이 표절의 혐의를 받을 만한 유사성을 확인하면서도 이것이 의도적인 베껴 쓰기, 곧 작가의 파렴치한 범죄 행위로 단정하는 데는 동의할 수 없다"는 발언을 하면서 문제가 더욱 확대되기에 이르렀다.

이렇게 전개되는 일련의 사태를 보며, 자꾸 이효리의 대응과 신경숙을 비롯한 출판사의 대응이 대비되는 것은 문제 해결의 태도 때문이었다.

이효리는 유사성이 발견되자마자 활동을 중단하고 사과했으며, 음반 발매를 중지하는 등 진정성 있는 행동을 취해 문제를 정면으로 해결하는 방법을 택했다. 그러나 신경숙 사태는 당사자들이 변명 같은 해명으로 일관했다. 그런 해명이 독자들에게는 억지스럽게 보인 것이다. '문자적 유사성'이니, '읽은 기억은 없지만, 나도 나의 기억을 믿지 못하겠다' 등의 현학적이거나 모순적 어법이 바로 그런 것들이었다. 더구나 문학성이 더 뛰어나니 표절이 아니라는 궤변이 등장하기까지 했다. 그런 변명들로는 독자들이 진정성을 찾지 못할 수밖에 없었고, 그만큼 더 한국 문학은 독자들과 멀어지는 결과를 낳고 말았다.

「우국」과 「전설」

독자들은 문학 이론으로 작품의 표절 여부를 판단하지 않는다. 독자들의 판단은 직감적이고 즉각적이다. 비슷하기 때문에 비슷한 거고, 베꼈다고 느꼈기 때문에 표절이라고 판단하는 것이다.

문제가 된 두 소설의 부분을 보자.

> 두 사람은 다 실로 건강한 젊은 육체의 소유자였던 탓으로 그들의 밤은 격렬했다. 밤뿐 아니라 훈련을 마치고 흙먼지 투성이의 군복을 벗는 동안마저 안타까워하면서 집에 오자마자 아내를 그 자리에 쓰러트리는 일이 한두 번이 아니었다. 레이코도 잘 응했다. 첫날밤을 지낸 지 한 달이 넘었을까 말까 할 때 벌써 레이코는 기쁨을 아는 몸이 되었고, 중위도 그런 레이코의 변화를 기뻐했다.
> - 「우국」에서

> 두 사람 다 건강한 육체의 주인들이었다. 그들의 밤은 격렬하였다. 남자는 두 달 남짓, 여자는 벌써 기쁨을 아는 몸이 되었다. … (중략) … 여자의 변화를 가장 기뻐한 건 물론 남자였다.
> - 「전설」에서

이 두 글을 읽고 나면, 문자적 유사성이니 읽은 기억이 없느니 하는 말을 독자들이 과연 믿어 줄 수 있을까?

더구나 두 소설을 꼼꼼히 읽어 보면, 글의 구성이나 이미지가 너무도 비슷해 보이는 부분이 한둘이 아니다. 도입 부분의 역사적 진술이라든가, 남편과의 결혼을 통해 사랑을 느껴 가는 여자의 태도 등이 유사하다. 또한 「우국」에서 남편이 친구들의 거사에 끼이지 못하게 된 이유가 신혼을 고려한 친구들의 배려 때문이었던 것처럼, 「전설」에서 남편이 전쟁에 나가지 않게 된 것도 신혼임을 배려한 친구들의 마음 씀씀이 때문이었다는 설정도 같다.

모든 문학 작품은 다른 작품을 통해 영향을 받기 마련이다. 그러나 영향을 넘어서 같아지기 시작하면 독창성과 창의성을 의심받기 마련이다. 영향을 받은 원래 작품을 넘어서는 독창성을 발휘하지 못한다면 그것은 작가 역량의 한계이며, 설사 자신도 모르게 비슷해진 구석이 있다 하더라도 문제를 풀어 가기 위해서는 솔직하게 영향 받은 사실을 털어놓고 진정성 있게 해결하려는 자세를 지녀야 한다. 그런 점에서 「우국」에서 영향을 받았다고 볼 수밖에 없는 「전설」에 대한 진정성 있는 해명과 사과가 부족했다는 것이 이 문제의 도화선이었음에 틀림없다.

맹자와 윤동주

신경숙의 「전설」에서 불거진 논란들을 보며 문득, 윤동주의 「서시」가 떠올랐다.

> 죽는 날까지 하늘을 우러러
> 한 점 부끄럼이 없기를
> 잎새에 이는 바람에도
> 나는 괴로워했다.
> 별을 노래하는 마음으로
> 모든 죽어가는 것을 사랑해야지
> 그리고 나한테 주어진 길을
> 걸어가야겠다
>
> 오늘 밤에도 별이 바람에 스치운다

윤동주는 더 설명할 필요조차 없는 순결한 민족 시인이다. 그의 대표작인 이 시의 첫 구절은 맹자의 '군자의 세 가지 즐거움[君子三樂]' 중 첫 번째 즐거움에서 영향을 받았음이 틀림없다.

"군자에게는 세 가지 즐거움이 있으나 세상의 왕 노릇 하는 것은 거기에 들어 있지 않다. 우러러 하늘에 부끄러움이 없고, 굽어 사람들에게 부끄러움이 없는 것이 첫 번째 즐거움이다.[君子有三樂而王天下, 不與存焉. 仰不愧於天, 俯不怍於人,一樂也].

맹자의 이 말, '우러러 하늘에 부끄러움이 없다[仰不愧於天]'는 거의 변형 없이 윤동주의 시에 들어가 '죽는 날까지 하늘을 우러러 / 한 점 부끄러움이 없기를'로 변주된다. 그러나 우리는 아무도 이 시에서 윤동주가 맹자의 글을 표절했다고 하지는 않는다. 그것은 '죽는 날'이나 '한 점' 같은 어휘들이 덧붙여져서 그런 것이 아니다.

윤동주는 맹자의 말을 문학적으로 형상화해 내는 변주를 했기 때문에 표절이 아니라 창작으로 평가를 받는 것이다. 만약 윤동주가 이 시를 그저 '죽는 날까지 하늘을 우러러 한 점 부끄러움이 없기를 나는 바랐다'로 썼다면 이는 표절 시비에서 자유롭지 못했을 것이다.

윤동주의 시는 맹자의 말에서 가져온 1, 2행에 자신의 창의적 언어인 3, 4행을 대조시켜 완성된다.

'죽는 날까지 하늘을 우러러 한 점 부끄러움이 없'다는 것은 도덕적인 언어이고 교훈적인 언어다. 맹자 역시 이 말을 시로 쓴 것은 아니다. 이 구절만으로는 삶의 태도나 철학을 다루는 언어는 되지만, 시는 되지 않는다. 윤동주는 그 언어에 3,4행의 이미지를 연결하여 시로 형상화한 것이다.

부끄러움 없이 생을 마쳐야 하는 것이 삶의 올바른 자세라는 철학적 명제에, 올바로 살지 못하고 있는 자신의 현실에 대한 반성을 '잎새에 이는 바람에도' 괴로워하는 서정적 성찰로 형상화하고 있다. 잎새에 이는 바람은 일상적이고 항상적인 현상이다. 시인은 그 일상적이고 항상적인 반성과 성찰을 통해 철학적 명제에 대해 부응해야만 하는 순결성을 고백하고 있다. 그렇게 보면 이 시는 도덕적인 교훈을 서정적인 형상화를 통해 그려 내고 있으며, 그래서 맹자의 교훈적인 언어에 생명을 부여하는 시적 성취를 이뤄 내고 있는 것이다. 그것이 바로 시인이 노래한 것처럼, '모든 죽어가는 것을 사랑'하는 생명의 노래로 이 시가 살아남은 이유다. 이는 표절이 아니라 맹자의 말로부터 영감을 얻은 문학적 변주라고 할 수 있다.

점화點化라는 말

서거정徐居正(1420-1488)은 그의 시 평론집 『동인시화東人詩話』에서 윤동주의 시와 같은 문학적 변주를 이렇게 말하고 있다.

　대간大諫 이인로李仁老의 「소상팔경瀟湘八景」이라는 시가 있다.

　　　　구름 사이 출렁이는
　　　　황금빛 둥근 달
　　　　서리 후에 일렁이는
　　　　벽옥 빛 물결

　　　　깊은 밤
　　　　이슬과 물결 이는 것
　　　　보려 했는데

　　　　뱃전에 기댄 어부의
　　　　한쪽 어깨만 솟아 있네.

　　　　雲間灩灩黃金餠
　　　　霜後溶溶碧玉濤
　　　　欲識夜深風露重

倚船漁父一肩高

이 시는 송宋나라 인종仁宗 때 시인 소순흠蘇舜欽이 쓴 시와 닮았
다. 소순흠의 시는 이렇다.

구름 머리께
출렁이는
황금빛 둥근 달 걸리고

물 거죽엔
일렁이는
비단 무지개
雲頭灩灩開金餅
水面沉沉臥綵紅

이인로의 시는 이 소순흠의 시를 점화點化하였다. 그러나 이인
로의 시가 소순흠의 시보다 한층 더 아름답게 변용시켰다고 할 수
있다.

서거정의 이 글은 이인로의 「소상팔경」이라는 시가 송나라 시인 소순흠의 시의 변주라는 설명이다. 이인로의 시 두 행과 소순흠의 시 두 구절은 사실 그 이미지나 표현법이 대동소이하다. 구름 속에서 달이 출렁인다는 표현이나, 그 달빛이 물에 비쳐 일렁인다는 수사는 판박이라고 할 정도다.

그러나 서거정은 이를 표절이라고 하지 않았다. 그에 따르면 이는 표절이 아니라 점화라는 것이다. 그 점화는 현대적 시어로 하자면 변주에 해당된다. 이인로의 시가 소순흠의 시보다 한층 더 아름답게 변용되었기 때문이라고 한다. 즉 이인로의 시는 소순흠의 시에 시적 영감을 얻어 이인로식으로 변주하고 창조된 새로운 시라는 해설이다. 마치 윤동주가 맹자의 군자삼락의 한 구절을 모티브로 삼아 「서시」라는 새로운 시로 변주하고 창작해 낸 것과 같은 결과인 셈이다.

도용, 유정지의 경우

유정지劉庭芝(약 651-?)는 당나라 때의 시인이다. 유희이劉希夷라는 이름으로도 알려진 사람으로 시풍이 부드러우면서도 아름답고 다

정다감한 시인이었다. 사망한 나이는 확실히 알 수 없지만, 서른도 채 되기 전에 세상을 뜬 것으로 알려져 있다. 그의 죽음에는 두 가지 설이 있는데, 하나는 병사했다는 것이고, 다른 하나는 외삼촌인 송지문宋之問의 손에 의해 매장당해 죽었다고도 한다.

『당재자전唐才子傳』에 따르면 유정지의 싯구를 탐낸 외삼촌 송지문이 그 구절을 자기에게 달라고 했으나 말을 듣지 않고 미리 작품을 발표해 버리자 화가 나서 매장해 죽였다고 한다. 『당재자전』은 당나라의 재주 있는 불우한 사람들의 기록을 담은 책이다. 시대를 잘 못 만난 불우한 천재들의 이야기를 전기처럼 쓴 책이니, 과장이 있을 수밖에 없다. 유정지의 죽음에 얽힌 기록도 어느 정도는 과장이 되었으리라 미루어 짐작할 수 있다.

그 죽음에 연관된 시가 바로 유명한 「늙은이의 슬픔을 대신하여 [代悲白頭翁]」란 시다.

> 낙양성 동쪽 복숭아꽃 자두꽃
> 이리저리 휘날리며 뉘 집에 떨어지나
> 성안의 아가씨 아쉬운 낯빛으로
> 길 가다 지는 꽃에 긴 한숨만 가득
> 올해는 꽃이 지니 얼굴빛 서러운데

내년에 꽃 피면 누가 다시 여기 서 있을까

소나무 잣나무는 부러져 땔감이 되고

뽕나무 밭이 변해서 바다가 돼 버린다지

옛사람은 낙양성 동쪽으로 돌아오지 않는데

다른 사람이 돌아와 지는 꽃 마주하네

해마다 해마다 피는 꽃은 비슷한데

한 해 한 해 사람은 같지 않다네

얼굴 붉은 젊은이여 내 당부 잊지 말게

반쯤 죽게 된 백발 노인 불쌍하게 여겨 주게

머리 하얀 이 늙은이 참으로 가련하지만

한때는 이런 나도 곱디고운 청춘이었네

고귀한 집 자제들과 꽃그늘 아래 모여

맑은 노래 고운 춤으로 지는 꽃과 놀았지

꽃무늬 비단 휘장 늘어진 집에서 놀기도 했고,

신선 그림 그려 놓은 곳에서도 신났었지

이제 하루아침에 병들어 친구조차 없어지니

그 즐겁던 봄날은 어디로 사라졌나

아리따운 아가씨여 그 봄날 언제까지 이어질까?

눈 깜짝하면 헝크러진 백발 될 텐데

아, 예전엔 춤과 노래로 흥성거리던 곳

이제는 해 질 녘 새소리만 구슬프네

외삼촌인 송지문이 뺏으려고 했던 시가 바로 이 작품이다. 송지문은 이 시의 11, 12구인 '年年歲歲花相似 / 歲歲年年人不同'을 탐냈다고 한다. '년세年歲'를 반복하면서 변화를 주어 사용하여 시간적 흐름의 무궁함을 강조하면서, 꽃과 인간을 대비하여 자연의 무궁함과 인간의 유한함, 그 속에서 유한자적 존재인 인간의 허무함을 극적으로 드러내고 있는 이 구절은 송지문이 탐낼 만큼 뛰어난 구절임에 틀림없다.

조카를 죽이면서까지 빼앗고 싶어 했던 송지문의 시에 대한 열정(비록 그것이 그릇된 욕망이기는 하지만) 또한 문학을 하는 사람이 영원히 지닐 수밖에 없는 명문에 대한 집착임을 보여 주는 일화다. 만약 송지문이 이 구절을 빼앗아 자기 작품에 썼다면, 그것이 바로 전형적인 표절의 사례가 될 것이다. 이는 이인로나 윤동주와 같은 점화, 혹은 변주라고 볼 수 없는 도용에 해당되는 행위이기 때문이다.

이백과 김상용

그대는 내게 묻네
무슨 일로 푸른 산에 묻혀 사는가

빙그레 웃고 말 뿐
마음은 절로 한가로워지네

복숭아 꽃잎 물 위에 떠
아득히 흘러가는

이곳은 별천지
인간 세상 아니니

이백李白(701-762)의 시 「산속에서 묻고 답하다[山中問答]」이다. 산중은 인간의 세상을 벗어난 자연의 세계다. 제목에서부터 이 시는 비인간의 세계, 속세를 벗어난 이상향의 세계를 다루고 있음을 암시한다. 그 세계는 복숭아 꽃잎이 물 위에 떠가는 곳이다. 마치 도연명陶淵明의 「도화원기桃花源記」가 다루고 있는 이상향이 연상되는 곳이다. 속세와 절연된 곳, 그러니 이곳의 삶은 인간 세상의 온갖 잡사와 곡절과는 애초부터 무관한 곳이다. 그래서 이백의 이 시는 인간 세상에서 상처받고 도피처로 찾아간 곳이 아니라, 처음부터 이상향으로 존재하던 곳이고, 인간의 세상이 아닌 곳이다.

그래서 왜 이런 곳에 사느냐고 하는 질문에 웃으며 대답하지 않을 뿐이다. 대답조차 필요 없는 곳, 도가적 이상향의 세계에서는 대답한다는 것마저 의미 없는 행위이기 때문이다.

이백의 이 시와 교감이 되는 우리 시가 한 편 있다. 김상용(1902-1951)의 「남으로 창을 내겠소」다.

　　　남으로 창을 내겠소.

　　　밭이 한참 갈이

　　　괭이로 파고

　　　호미론 풀을 매지요.

　　　구름이 꼬인다 갈 리 있소.

　　　새 노래는 공으로 들으랴오.

　　　강냉이가 익걸랑

　　　함께 와 자셔도 좋소.

왜 사냐건

웃지요.

　이 시의 마지막 연 '왜 사냐건 / 웃지요'는 이백의 「산중문답」의 '笑而不答心自閑'의 변주다. 그러나 이 시를 표절이라고 할 수 없는 이유는, 다루고 있는 세계의 차이에 있다. 이백의 시가 다루고 있는 세계가 현실과 절연된 이상향이라면, 김상용이 남으로 창을 내고 살고 있는 곳은 현실의 상대적 개념으로 존재하는 자연이다.

　시인은 구름이 꼬여도 가지 않겠다고 한다. 구름이 꼬인다는 것은 현실의 온갖 유혹을 의미한다. 그 유혹에 넘어가지 않겠다는 것은 그만큼 현실의 유혹이 강렬하다는 것을 역설적으로 드러내고 있는 구절이다. 절대적 이상향이 아니라 현실에 대응하는 은둔의 자연을 노래한다는 점에서 이 시는 이백이 다루고 있는 세계와 다르다. 이 시가 식민지 시대의 작품이라는 것을 염두에 둔다면, 그 시기 우리 민족이 가졌던 실향 의식이 이 시의 배경이었음을 쉽게 짐작해 낼 수 있다.

　이백의 시에서 영감을 얻어, 그것을 이백과 다른 세계 속에 담아 냈기 때문에 이 시는 원작의 변주에 해당된다고 할 수 있는 것이다.

표절이라는 말

표절剽竊의 표剽는 '사납다, 빠르다, 훔치다'의 뜻을 지닌 글자다. 절竊은 '몰래 훔친다'는 의미다. 그러니 표절은 남의 작품이나 창작물을 자기 것처럼 몰래 가져다 쓰는 행위를 말한다.

저작권이 지금처럼 엄격하지 않던 과거에는 흔히 남의 작품을 출처를 밝히지 않고 가져다 자기 작품 속에 버무려 넣기도 했다. 그러나 저작권이 엄격하게 지켜지고 있는 오늘날도 남의 작품을 출처 인용조차 없이 자기 것인 양 가져다 쓰는 경우가 있다. 심지어 투고 작품 심사 위원이 투고작을 가져다 자기 것처럼 바꿔 쓰기도 해서 문제가 제기된 적도 있다.

창작은 고통의 산물이라고 한다. 또 하늘 아래 새로운 문장은 없다고도 한다. 그만큼 창작은 고되고 어려운 일이다. 다른 사람의 글이나 말에서 소재를 얻거나 영감을 받아 창작을 하는 것도 하나의 방법이다.

신경숙 소설에서 불거진 표절 논란도 지금까지의 표절 문제들과 별반 달라 보이지 않는다. 영감을 받은 작품까지야 밝힐 필요는 없었지만, 수정조차 거의 없이 인용해 버린 문장은 독자의 분노를 사기에 충분했다. 그리고 불거진 문제에 대해 진정성과 솔직함조차 없는 대응 방식이 더 공분을 일으켰다.

그 논란의 진행 과정을 막막하게 바라보면서, 자꾸 윤동주나 김상용의 시가 떠오르는 것은, 문학이 지녀야 할 진정성의 문제가 그 안에 엿보였기 때문이다.

꽃이 지고, 봄날은 간다

그대는 오지 않고
약속은 하염없이 흘러만 가네.

몇 잎 남은 매화마저
흩날리는 날,

나뭇가지 끝에 앉은 까치가 우네

거울을 바라보며 눈썹 그리는
하, 이 부질없는 봄

- 이옥봉「매화, 지다[閨情]」

두서없는 봄

올봄은 유난히 두서頭緒가 없다. 두서가 없다는 것은 일의 차례가 없다는 말이니, 봄에 어울리지 않는 말이기는 하다. 그래도 이번 봄은 분명 두서가 없다.

충주에 사는 어느 시인이 서울에 왔다가 흐드러진 벚꽃을 보고, "꽃도 중앙 집중적으로 핀다"고 했으니, 그 역시 두서없이 봄이 온 것을 뼈저리게 느꼈음에 틀림없다. 충주에 피지 않는 봄꽃이 서울에 먼저 만개했으니 그런 말을 하는 것도 무리가 아니다.

서울 성북동 내가 다닌 학교에는 담을 따라 개나리가 꽃을 피웠는데, 가만 보니 웬걸, 꽃과 함께 초록 잎도 삐죽 나와 있다. 원래 이른 봄에 피는 꽃들은 잎보다 꽃이 먼저 돋는 법이다. 꽃이 지기 시작할 때쯤 잎이 얼굴을 내미는 것이 자연의 법칙인데, 올봄은 그렇지 않다. 꽃과 함께 잎이 동시에 돋아났다. 갑자기 날씨가 초여름처럼 덥다 보니 꽃이 지기도 전에 잎까지 내밀어 버린 것이리라.

매화가 피고, 개나리가 피고, 그 다음에 벚꽃이 피어야 차례가 맞는데, 개나리도 피기 전에 벚꽃이 꽃망울을 터트리기도 한다. 그러더니 잠깐 내린 비에 일제히 허공으로 흩어지고, 어느새 나뭇가지마다 연초록 잎이 돋는다.

순서도 없이 피어난 꽃은 곱고도 안타깝다. 순서도 없이 피었다지는 꽃은 그래서 더 슬프다. 더구나 한꺼번에 피고 한꺼번에 지는 꽃이라 더욱 그렇다.

기다림, 그 쓸쓸함에 대하여

이옥봉의 한시 「매화, 지다[閨情]」를 읽다가 나는 문득 시 속의 매화 꽃잎을 떠올렸다. 기다려도 오지 않는 사람에 대한 시인데, 기다리는 이의 그리움은 느껴지지 않고, 매화 꽃잎만 내 머릿속에서 풀풀 날려 떨어졌다.

모든 시에서 글쓴이의 감정과 생각을 독자가 온전히 다 느낄 수는 없다. 다만 독자는 그 시 속의 어느 한 부분, 자신과 정서적 일체감을 갖게 만드는 것에서 접근할 수밖에 없다.

이옥봉의 이 시에서 내게 다가온 것은, 그녀의 이별의 슬픔이 아니라 덧없이 지는 매화 꽃잎이다. 그 풍경은 매화 꽃잎이 가지가지

마다 눈부시게 매달려 있는 것이 아니다. 그렇다고 분분이 날려 비처럼 떨어지는 덧없는 풍경도 아니다. 이미 꽃잎은 다 떨어지고, 매화나무에는 그저 몇 잎의 꽃잎이 매달려 있을 뿐이다. 그리고 허공에는 쓸쓸하게 두서너 장의 꽃잎이 맴돌고 있다.

비처럼 내리는 꽃잎은 절절한 슬픔이다. 한꺼번에 피었다 한꺼번에 지는 꽃들의 슬픔은 그래서 현재적이다. 지금 당장, 헤어지고 그리워하는 마음이 절절해서 가슴에서 빗물 같은 꽃물이 흐르는 것이다.

그러나 이옥봉의 시는 절절하게 슬프지 않다. 쓸쓸하게 슬프고, 쓸쓸하게 그립다. 몇 잎 남은 매화 꽃잎마저 풀풀 지는 날, 기다리는 사람은 오지 않는데, 까치 울음소리에 화장을 하는 그녀의 모습은 절절함이 아니라 쓸쓸함에 닿아 있다.

반가운 소식을 전한다는 까치가 아무리 울어도, 떠나간 사람이 돌아오지는 않을 것이라고, 그녀는 이미 알고 있다. 그런 심정을 은근히 드러내는 말이 바로 마지막 행의 '부질없이[虛]'다. 부질없음에도 불구하고 그녀는 또 화장을 고친다. 그래서 더 쓸쓸한 기다림인 셈이다.

어쩌면 이옥봉은 기다림을 생각하고 이 시를 창작한 것이 아니라, 몇 잎만 남은 매화가 날리는 것을 보고 거꾸로 기다림을 생각한 것처럼 보인다.

생각이 시를 만들기도 하지만, 풍경이 생각을 만들기도 한다. 대개의 시인들은 '어떤 내용의 시를 쓰겠다'고 생각하고 시를 쓰기보다, 어떤 풍경이나 사물을 보고 시의 내용, 소위 주제를 연상해 내는 경우가 많다.

지는 꽃잎에 담아낸 쓸쓸한 그리움의 서정이 그래서 오늘처럼 꽃 지는 봄날에는 더 애절한지도 모른다.

옥봉은 창을 열고 뜰을 내다본다. 봄날이다. 한때 가지를 가득 채웠던 매화 꽃잎은 다 떨어지고 이제 겨우 몇 잎만 남았다. 그 몇 잎도 바람결에 풀풀 날리고 있다. 마음이 괜히 허전해진다. 다시 오마 약속하고 떠난 사람은 영영 소식이 없다는 것이 지는 꽃잎을 보며 문득 되살아난다. 그때 나뭇가지 위에서 까치가 운다. 옥봉은 잊은 일이 퍼뜩 생각났다는 듯, 주섬주섬 분첩을 꺼내와 거울을 보며 눈썹을 그린다.

얼마나 덧없는 행동인가를 스스로 알고 있다. 다시 돌아오지 않을 사람을 기다리며 매화 꽃잎 같은 눈썹을 그리는 여인의 허망하고 쓸쓸한 심정이 한 폭의 그림같이 마음에 짚이는 시다.

이별의 시상詩想, 낙화

대개의 시에서 피는 꽃은 희망이고 꿈이지만, 지는 꽃은 이별이고 슬픔이다. 봄은 겨울의 끝에 닿아 있는 계절이다. 겨울은 죽음의 계절이다. 겨울이 죽음인 것은 생명의 존재를 극한으로 몰아 버리는 추위 때문이다. 그래서 겨울은 죽음, 얼어 있음, 움직이지 않음을 상징하는 계절이다.

돌풍을 일으킨 애니메이션 <겨울 왕국>도 죽음의 겨울을 극복해내는 이야기다. 모든 것을 얼게 만드는 언니 '엘사'의 저주를 풀기 위해 여행을 떠나는 동생 '안나'의 이야기는 겨울을 죽음으로 상징하고 있다.

만물이 숨죽인 채 죽음과 맞서 있는 계절을 지나고 만나는 봄의 상징이 바로 꽃이다. 그러니 꽃은 죽음을 극복해 낸 생명이라고 할 수 있다.

개화는 한 생명이 움트는 시간이고, 새로운 세상이 열리는 순간이다. 그러니 꽃은 봄이라는 새로운 생명의 세상을 여는 상징이다.

그런데, 그렇게 새 세상을 연 꽃잎이 지는 것은 어떤 느낌일까? 그것은 한마디로 상실喪失이다. 상실은 원래 있던 것의 사라짐이다. 그래서 피는 꽃은 기쁨이고 환희이지만, 지는 꽃은 슬픔이다.

그러나 슬픔이라고 다 똑같은 슬픔은 아니다. 가슴 찢어지는 슬픔도 있고, 그냥 먹먹하게 젖어 드는 슬픔도 있다. 순식간에 피었다가 한꺼번에 지는 벚꽃이나 혹은 떨어져 짓물러 상처만 남기는 목련이 가슴 찢어지는 슬픔이라면, 다 떨어지고 남아 바들거리다 마지막으로 지는 이옥봉의 시에 나오는 매화는 아련하고 먹먹한 슬픔이다.

가슴 찢어지는 슬픔보다 먹먹한 슬픔이 사람을 더 사무치게 만드는 것은, 슬픔이 더 길고 아득하게 젖어 들기 때문이다.

청마 유치환의 「낙화」라는 시가 있다.

돌돌돌 가랑잎을 밀치고
어느덧 실개울이 흐르기 시작한 뒷골짝에
멧비둘기 종일을 구구구 울고
동백꽃 피 뱉고 떨어지는 뜨락

창을 열면
유웃빛 구름 하나 떠 있는 항구에선
언제라도 네가 올 수 있는 뱃고동이
오늘도 아니 오더라고

목이 찢어지게 알려오노니

오라 어서 오라
행길을 가도 훈훈한 바람결이 꼬옥
향긋한 네 살결 냄새가 나는구나
네 머릿칼이 얼굴을 간질이는구나

오라 어서 오라
나의 기다림도 정녕 한이 있겠거니
그때사 네가 온들
빈 창 밖엔
멧비둘기만 구구구 울고
뜰에는 나의 뱉고 간 피의 낙화!
- 유치환 「낙화」

　이 시의 꽃은 동백이다. 꽃잎이 하나하나 지지 않고 꽃이 통째로
떨어지는 동백은 그래서 핏빛 절규다. 그 절규는 한 번 가고 오지
않는 그대에 대한 간절한 그리움에서 비롯된다. 몇 번이나 '오라 어
서 오라'고 목메어 외치는 것도 그 때문이다.

잎이 지지 않고 꽃이 지는 청마의 낙화는 이옥봉의 매화꽃 낙화보다 정열적이다. 남자의 기다림과 여자의 기다림의 차이일까? 아니면 현대의 기다림과 중세의 기다림의 차이일까?

유치환의 낙화는 '피의 낙화'이고, 이옥봉의 낙화는 '눈썹의 낙화'다. 그려 놓은 눈썹은 시간의 흐름 속에서 마모된다. 매화 꽃잎 지듯, 세월과 함께 스러져 갈 눈썹이 애잔한 것은, 옥봉이 기다리는 사람이 오지 않을 것임을 알고 있기 때문이다.

유치환은 시간에 늦지 않게 오라고 낙화를 보며 소리치고 있고, 이옥봉은 오지 않겠지만 그래도 일말一抹의 기대를 희미하게 지니고 있다고 말한다. 일말一抹의 '말抹'은 '지운다'는 뜻이다. 한 번 슬쩍 지우고 말 정도로 조금의 기다림이 바로 이옥봉의 기다림이다. 그리움이 지쳐 스러지기 직전의 조금 남은 그 기다림으로 이옥봉은 지는 매화 꽃잎 같은 눈썹을 그리고 있는 것이다.

덧없는 길을 걸어 지는 매화꽃이 된 여인

이옥봉은 조선 중기, 임진왜란 시기를 살다 간 여류 시인이었다. 원래 그는 옥천 군수를 지낸 이봉李逢(1526-?)의 서녀였다. 이봉은 양

녕대군의 고손자였으니, 비록 서자 출신이기는 하지만 왕족인 셈이다. 어려서 아버지에게 글을 배웠고, 시를 짓는 재주가 영특하여 주위를 놀라게 할 정도였다. 그러나 서자의 신분이기에 번듯한 가문과 혼인을 할 수가 없었다.

그런 자신의 처지를 깨달은 옥봉은 아버지에게 인품과 덕망이 뛰어난 조원趙瑗(1544-1595)의 소실에 되게 해 달라고 청하였다. 조원은 남명 조식曺植의 문하에서 공부한 선비로 선조 때 승지에까지 오른 인물이었다.

딸의 마음을 읽은 옥봉의 아버지 이봉은 조원을 직접 찾아가 자신의 딸을 소실로 받아 줄 것을 부탁하였다. 그러나 조원은 소실을 둘 뜻이 없다며 완곡히 거절을 한다. 당사자를 설득하기 힘들다는 것을 깨달은 이봉은 딸을 위해 조원의 장인인 판서대감 이준민李俊民(1294-1590)을 찾아가 부탁했다. 이준민이 사위에게 소실을 거부하는 것은 사내답지 못한 짓이라고 설득을 하여 마침내 옥봉은 조원의 소실이 되었다.

옥봉의 기구한 운명은 그러나 여기서 끝나지 않았다. 원하던 사람의 소실이 되어 행복한 나날을 보내던 어느 날이었다.

평소 알고 지내던 이웃의 한 여인이 옥봉을 찾아와 하소연을 했다. 자신의 남편이 소도둑으로 몰려 관가에 잡혀갔으니, 조원에게 부탁해 억울함을 호소하는 글 한 편을 써 달라는 것이었다. 옥봉은 남편이 결코 탄원서를 써 줄 것 같지 않다고 생각해서 자신이 시 한 편을 적어 여인에게 건네주었다.

> 거울 대신 세숫대야를 보고
> 기름 대신 물 발라 머리 빗어요
> 제가 직녀가 못 되는데
> 제 남편이 어떻게 견우겠어요?

> 洗面盆爲鏡
> 梳頭水作油
> 妾身非織女
> 郎豈是牽牛

가난한 자신의 처지를 직녀가 아님에 빗대어, 남편이 견우가 아니니 소를 끌고 갔을 리가 없다며 억울함을 털어놓는 시였다.

이 시를 본 형조의 당상관들이 깜짝 놀라 여인에게 자초지종을 물어 옥봉의 시라는 것을 알게 되었다. 여인의 남편은 풀려났지만, 이 이야기를 들은 조원은 불같이 화를 냈다. 사내들의 일인 행정 업무에 아녀자가 관여했다는 이유 때문이었다.

옥봉은 남편에게 손이 발이 되도록 빌었지만, 조원은 끝내 옥봉을 친정으로 돌려보냈다. 결국 옥봉은 이 일로 남편과 헤어지고 평생을 시를 지으며, 자연을 벗 삼아 여자 도사를 자칭하며 살다 임진왜란의 와중에 세상을 뜨고 만다.

신분의 한계에 부딪치고, 여성이라는 차별에 갇혀 평생을 살았던 이옥봉의 시가 한스러움과 쓸쓸함으로 가득한 것은 어쩌면 당연한 일이었는지도 모른다.

이수광李晬光(1563-1628)의 『지봉유설芝峯遺說』에 이옥봉에 대한 기이한 이야기가 한 편 전해진다.

중국 명나라 동해안 지역에서 시체가 한 구 발견되었는데 온몸이 한지로 돌돌 말려 있었다. 그 한지를 풀어 보니 여인이었는데, 누군지는 알 수 없었고, 한지에는 여러 편의 시가 적혀 있었다. 그 시는 바로 이옥봉의 것이었다. 명나라 사람들이 이 시에 감동하여 그들의 시선집에 허난설헌의 시와 함께 수록하기도 했다.

허균許筠(1569-1618)의 『성소부부고惺所覆瓿藁』에는 옥봉의 시가 '몹시 맑고 강건하여, 거의 아낙네들의 연지 찍고 분 바르는 말들이 아니다'고 높이 평가하며, 자신의 누이 허난설헌許蘭雪軒(1563-1589)과 동격에 놓을 정도였다.

봄날은 간다

꽃 지는 풍경을 담은 몇 편의 시를 읽다가 봄날이 간다. 가는 봄은 잡을 수 없고, 그래서 봄날의 생은 더 쓸쓸한지도 모른다.

어떤 유행가는 '유정천리 꽃이 피네 / 무정천리 꽃이 지네'라고 노래했다. 꽃 피는 것은 마음에 정이 생겨나는 것이고 , 꽃이 지는 것은 마음에 있던 정이 사라지는 것이라는 말이리라. 그런데 어찌 마음의 정이 사라지는 것뿐일까? 사라지는 정으로 '쓸쓸함'이 다시 일어나는 것임을 유행가 작사자는 깨닫고 있었던 것이리라.

이옥봉의 시를 읽으면서, 시공을 초월한 낙화의 시를 떠올려 보는 봄날도 그래서 더 쓸쓸하다. 두서없이 피어난 꽃이 지고 난 자리, 이제는 무성한 잎으로 채워지는 그 공간조차 허전하다. 그것은 이옥봉의 낙화가 덧없기 때문이고, 유치환의 낙화가 애절하기 때문이다.

꽃은 지고, 봄날은 간다.

나는 너무 많이 먹으며 살아왔다

혹독한 겨울

예년보다 따스할 거라는 기상대의 예측을 비웃기라도 하듯, 지난 겨울은 혹독한 추위가 기승을 부렸다. 특히 내가 사는 강원도 안흥의 추위는 더 심했다.

내 작은 집이 자리 잡은 골짜기는 한겨울 온도가 대관령과 비슷하다. 어떤 날은 대관령보다 더 낮은 온도를 기록하기도 하는데, 아마도 골짜기 바람길이어서 그런지도 모른다.

추위를 뚫고 아버지 계신 이웃 골짜기까지 다녀온 날은 영하 20도 정도 되는 날씨였다. 거기에 바람까지 불어 체감 온도는 실제 온

도보다 훨씬 더 낮았다. 특히 돌아오는 길은 오후 서너 시경이라 한 낮보다 더 낮은 기온에, 바람도 심했다.

한 시간 조금 더 되는 그 길은 개울가 벌판이 절반, 나머지 절반 은 골짜기다. 벌판에는 거칠 것 없는 들바람이 불었고, 골짜기에는 골바람이 거세게 몰아쳤다. 아내와 나는 귀를 에는 바람을 뚫고 집 으로 돌아왔는데, 방으로 들어서니 관절마다 우두둑 소리가 날 정 도로 온몸은 얼어 있었다.

잠시 몸을 녹이고, 이른 저녁을 해 먹었는데, 사단은 그 밤에 일 어났다. 한밤중에 속이 거북하여 잠에서 깼는데, 그때부터 명치 부 근이 묵지근하고 자꾸 헛구역질이 나오기 시작해서 도통 잠을 이룰 수가 없었다. 뒤척거리다 도저히 견딜 수 없어 일어나 거실로 나왔 는데, 속은 더 심하게 뒤틀리고 온몸에서 기운이 다 빠져나가는 것 같았다.

새벽 4시 무렵, 갑자기 토악질이 올라왔다. 나는 급히 화장실로 달려가 토하기 시작했는데, 그렇게 시작한 구토는 이틀에 걸쳐 이 어졌다. 안 되는 놈은 뒤로 자빠져도 코가 깨진다고, 그 이틀은 토, 일요일이라 병원에도 갈 수 없었다. 설사 병원에 갈 수 있다고 해도 세상으로 나가는 길은 온통 눈과 얼음으로 덮여 있어 차가 다닐 수 도 없으니, 꼼짝 없이 아픈 배를 움켜쥐고 견디는 수밖에 도리가 없기는 했다.

나중에는 더는 나올 것이 없는지, 토하면 노오란 위액만 나왔다. 피가 섞여 올라오기도 했다.

그렇게 온몸의 기운이 모두 빠져나가고 난 뒤인 그 다음 주에야 병원에 가니 역류성 식도염이라고 했다. 찬바람 속에 있다 들어와 밥을 먹은 것이 체증으로 이어졌고, 토하는 과정에서 급성으로 식도염이 온 것이라고 했다. 약을 처방 받고 갑작스런 환자가 되어 그로부터 2주일을 거실 소파에 누워 지냈다. 일주일은 죽조차 먹지 못하고 오직 물로만 견뎠다. 음식물을 조금 삼키면 식도가 온통 쓰라리고, 몇 분 간격으로 트림과 함께 위산이 올라와 식도를 긁어 대니 아무 것도 먹을 수가 없었다. 상처가 있는 식도 부위에 올라온 위액은 마치 상처를 칼끝으로 찔러 대는 것처럼 쓰리고 아렸다.

일주일이 지나자 트림도 좀 잦아들고, 쓰린 부위도 줄어들어 죽을 조금씩 떠 넣기 시작했는데, 그래도 시시때때로 찾아오는 속 쓰림은 좀체 낫지 않았다.

두 주일을 물과 죽만으로 연명하고 나니, 몸무게는 4킬로가 줄어 있었다. 작은 소파에 누워 화장실만 겨우 갔다 오면서, 그 두 주일 동안 나는 인간이 얼마나 먹는 것에 길들어 있는 존재인가를 생각했다. 물 이외에는 아무것도 먹지 않던 일주일, 나는 결코 배가 고프지 않았다. 평소에는 한 끼만 굶어도'배고파 죽겠다'를 입에 달고 살던 내가 일주일을 굶어도 죽지 않고 살아 있는 것은, 내 몸에 그만큼 많은 영양분이 남아 있었다는 증거이고, 나는 그동안 내 몸이 필요로 하는 양분보다 훨씬 많은 음식을 섭취하며 살았다는 것이리라.

어쩌면 인류의 비극은, 필요보다 많은 음식을 가지려는 욕망에서 비롯되지 않았을까?

내가 먹고 남을 만큼의 음식을 섭취하는 이 순간, 지구의 다른 곳에서는 필요한 것보다 적은 음식으로 고통 받는 다른 인간이 존재하고 있으리라.

필요보다 많은 것을 가지려는 인간의 욕망이 결국은 강대국의 욕망으로 이어지고, 다른 나라와 다른 인간을 착취하면서 무역 전쟁이나 경제 전쟁으로 더 나아가 무력 전쟁으로 이어지는 것이리라.

차 - 소박하고 깊은

2주일째부터는 죽과 함께 물 대신 차를 우려 마시기 시작하면서 기력이 점점 회복되기 시작했다. 기운 없는 몸을 기신기신 일으켜

찻물을 받고, 끓여 차호에 넣었다. 차를 우려내 천천히 마시면서, 나는 멍한 정신 속으로 운남을 떠올렸다.

운남은 중국 발음으로 윈난, 풀면 '구름의 남쪽'쯤 된다. 처음 운남을 간 것은, 시안[西安] 여행길, 허름한 책방에서 만난 『운남지려雲南之旅』란 작은 책 한 권 때문이었다. 중국인들이 가장 가 보고 싶어 하는 여행지 1순위, 하루에 사계절이 모두 존재하는 곳, 차마고도茶馬古道, 따리[大理], 리지앙[麗江], 옥룡설산玉龍雪山 같은 아름다운 이름들이 내 마음을 사로잡았다.

그로부터 몇 해 후, 나는 배낭을 꾸려 운남성으로 길을 떠났다. 인터넷도 별로 활성화되어 있지 않아 정보라고는 아예 찾을 수 없는 때였다. 한겨울이지만 나는 베트남이나 라오스 바로 위에 있는 곳이니 따뜻하겠지 하는 생각으로 반팔 옷만 잔뜩 챙기고, 긴 옷이라고는 한국에서 공항에 갈 때 입은 옷 하나뿐이었다. 그러나 한밤중에 도착한 쿤밍[昆明]은 살을 에는 것처럼 추웠다. 낮에는 봄날인 듯 따사로운 햇살이 가득하지만, 밤에는 몹시 추운 곳이 쿤밍이었다. 더구나 쿤밍 북쪽인 따리나 리지앙은 해발이 2,000미터가 넘어 추위가 더했다. 옥룡설산에는 만년설이 눈부시기까지 했다.

여행 내내 나는 출국 때 공항으로 입고 갔던 긴팔 옷을 입어야 했다. 그리고 그 여행에서 내가 만난 소중한 인연 중 하나가 보이차였다.

쿤밍의 차창거리에는 보이차가 즐비했다. 눈부시게 푸른 하늘과 고풍 어린 옛 가옥들, 은은하게 풍겨 나오는 보이차의 풍미, 나는 몇 군데의 찻집을 돌아다니며 공짜로 주는 보이차를 실컷 마셨다.

그 이후 열 번도 넘게 나는 운남을 여행했다. 그 경험을 바탕으로 『구름의 성, 운남』이라는 책을 펴내기도 했다. 갈 때마다 선물을 받기도 하고, 직접 사 오기도 한 보이차가 집 안에 쌓였다. 좋아하기는 하지만, 주로 커피를 마시느라 먹지 않고 간직한 것이 더 많았다.

그러다 퇴직을 하고 시골에 정착하면서, 보이차 광인 친구의 권유로 다시 보이차가 눈에 들어왔다. 아침이면 안개 자욱하게 끼는 마당가 데크에 앉아 차를 우렸다. 우려낸 차를 마시는 동안 꽃이 피었다 지고, 숲이 우거졌다 물들고, 눈이 내렸다. 그리고 내 몸 안에 차향이 천천히 배어들었다.

차를 내리기 위해 물을 데우고, 차호를 데우고, 끓인 물을 부어 차를 우려내는 과정은 한마디로 '느리게'였다. 차는 인스턴트 먹거리가 아니기 때문이다. 퇴직 후의 내 삶도 차를 내리는 것처럼 느리게 사는 것에 익숙해졌다.

보이차만 그럴까, 아침마다 커피를 갈아 드립을 하곤 하는데, 그

것 역시 느리게 이어지는 과정이었다. 원두를 갈고, 물을 끓여 정성들여 내리는 과정을 거쳐야 제대로 된 커피가 추출된다.

내가 짓는 농사도 마찬가지다. 씨를 뿌리고, 비가 오지 않으면 물을 주고, 거름이 부족하면 거름을 주면서 천천히 길러야 비로소 수확물이 만들어진다. 마음이 급하다고, 『맹자』에 나오는 농부처럼 심은 모를 뽑아 키울 수는 없는 법이다. 차는 느리게 사는 법을 가르쳐 주는 도구인 셈이다. 농사도 커피도 다 그렇다. 느린 것은 사리에 순응해 가며 혼자 견디는 일이다. 누가 대신 빨리 해 줄 수 있는 것도 아니고, 서두른다고 해결되는 것도 아니다.

동자는 샘에 가
맑은 물 길어 왔지

돌산 샘물 맛
세상은 모르리

금세 화로에
불을 지피고

등불 아래 차 달이는

이 고적함

  - 이달 「차를 달이다[次僧軸韻]」

  이 시에는 차를 달이는 과정이 담백하게 담겨 있다. 차를 다리기 위해서는 먼저 물을 길어 와야 한다. 지금이야 수도꼭지를 틀면 땅속 깊은 물이 샘처럼 솟아나지만, 시인이 살던 조선 시대는 상수도 시설이 갖춰진 때가 아니다. 그래서 동자에게 물병을 가지고 가서 물을 길어 오라고 시킨다. 이 시에서 동자는 실제 존재하든 아니든 상관이 없다. 중요한 것은 물을 길어다 차를 끓이는 행위다. 샘물까지 물동이를 들고 가야 하고, 두레박을 던지거나 혹은 바가지로 푸거나, 물을 담아내는 행위가 필요하다. 그리고 또 그 물을 들고 돌아와야 하는 수고가 있어야 한다.

  화롯불을 피우고 있는 것으로 보아 아마도 시간은 밤중일 가능성이 크다. 등불을 켰다고 하니 더 그렇다. 동자는 어둠을 딛고 물을 길어 왔고, 시인은 그 물로 차를 달인다. 동자에게 물을 길어 오라고 했다지만, 동자는 시 속에 등장하는 관습적인 인물일 뿐, 실은 시인 자신일 수도 있다. 마지막 구절의 '독獨'이라는 시어를 통해 그런 상황을 짐작할 수 있다.

물은 맑고 시린 샘물이다 시인은 금세 화로에 불을 피웠다고 하지만, 불 또한 금방 피울 수 있는 것은 아니다. 물을 길어 오고, 불을 피우고, 그 불에 물을 데우는 시간은 결코 짧지 않을 것이다.

그 수고로움을 겪고 나서야 시인은 비로소 한 잔의 차를 마실 수 있다. 그 느리고 느긋한 시간은 온전히 시인 자신의 것이다. 느리고 느긋하기에 고적감은 더하다. 그래서 마지막에 시인은 차를 다리는 마음을 '고적하다[獨]'고 한 것이다.

차를 다려서 마시는 것은 자신 안으로 깊이 가라앉아서 막막한 시간을 견뎌 내고 마시는 행위다. 시인은 그런 시간의 아득함을 노래하고 있는 것이다. 차 한 잔 속에서 시인은 어쩌면 우주의 시간을 만나는 것이고, 그 우주에 던져진 자신이라는 보잘것없는 존재를 만나는 것인지도 모른다. 그래서 시인은 고적한 것이리라.

소박하면서고 깊은 생의 맛, 그것이 바로 차이기 때문이다.

호박 - 평범하면서 깊은 생의 음식

조반석죽朝飯夕粥이라는 말이 있지만, 아프기 시작한 2주일째의 나는 조죽석죽朝粥夕粥이었다. 가난한 살림살이에 식량을 늘리기 위한 조리법이 죽이었지만, 죽은 아픈 환자(특히 식도 계통의 환자)에게는 생존을 위한 중요한 음식임에 틀림없다. 씹어 삼킬 수 없는 상황에서 죽은 흘려 넣기만 하면 되는 음식이다. 그 죽을 마시며 나는 "술은 술술 들어가고 죽은 죽죽 들어간다"는 우스갯소리를 떠올렸다.

그 중에서도 내가 가장 좋아하는 것은 호박죽이다. 아니 호박죽만이 아니라 호박으로 만든 것은 다 좋아한다.

죽을 먹으며 나는 호박으로 만든 온갖 음식들을 떠올렸다. 애호박을 채를 쳐서 밀가루와 물을 넣고, 잘 섞어 만든 반죽을 기름 두르고 부쳐 내거나, 도톰하게 썰어 동그란 모양을 살려 소금에 절였다, 계란에 묻혀 부쳐 내는 호박전은 고소하고 아삭하며 달큰하다. 멸치된장 육수에 얄팍하게 썬 호박을 넣고 끓인 된장찌개는 비 오는 날 토방 마루에 앉아 있으면 후각을 간질이던 흙 내음과 닮아 있다. 호박 반달썰기 해서 들기름, 새우젓과 함께 살짝 볶아 낸 호박 나물은 짭조름한 새우젓과 달큰한 호박이 아우러져 새로운 맛을 만들어 낸다. 말린 호박 나물은 또 얼마나 구수한가. 호박꽃에 새우 다져 넣고 쪄 낸 호박꽃찜은 여름 한철의 호사다. 호박잎 된장 쌈을 우걱우걱 입에 밀어 넣고 바라보는 여름밤은 얼마나 그윽하고 깊었던가.

기술가정과 남자 선생

때 되면 학생들에게 나누어 줄 바느질 쌈지

실습 교재로 행정실에 신청하고

바느질 보퉁이 들고 수업에 들어간다

어떤 때는 강당 느티나무 밑에 아이들 모아 놓고

폐차 직전 고물차 타이어 가는 거며

이런저런 수행평가 한다

그 선생 식품 영양학 얘기하며

호박이 그렇게 몸에 좋다 얘기하길래

나는 그거 한번 가르쳐 봐요 하며

호박 눈썹 나물 이야기한다

애호박 퉁퉁 썰어서 반 가르고

새우젓 까만 눈도 살아 있는

오젓 아니면 육젓 푹 한 숟갈 넣고

물 자박자박하게 해서 들기름 넣고

삼삼히 그것 볶아 내면

그게 호박 눈썹 나물 아니요

아하 아하 우리 어릴 적 흔히 먹던 것

우린 그냥 호박 나물이라 했는데

눈썹 자 붙이니 이름이 참 이쁘구만

호박 눈썹 나물이라

근데 요즘 아이들은

왜 그렇게 호박을 싫어하는지

밋밋하대나 어쩌대나

- 윤재철 「호박 눈썹 나물」 『거꾸로 가자』, 삶창, 2012

　이 시는 크게 세 의미 단락으로 나눌 수 있다. 기술가정과의 남선생이 하나의 의미 단락이다. 1연에 해당하는 구절들이다. 보통 기술은 남자, 가정은 여자 선생이 담당하는 것이라는 과거의 이분화된 고정관념의 파괴가 첫 번째 의미다. 그래서 여자 선생님이 기술을 가르치기도 하고, 남자 선생님이 가정을 가르치기도 하는, 두 교과가 통합된 현실이 중요한 의미를 지닌다. 남성과 여성이라는 차별이 아니라 인간이라는 평등한 교육 현장의 모습을 1연에서 보여 주고 있다.

　2연은, 식품 영양학을 가르치는 그 기술가정과 남선생에게 들려주는 시인의 이야기다. 추억 속에 남아 있는 호박 눈썹 나물 이야기를 통해 시인은 맛의 보편성을 말하고 있다. 그 맛은 기억 속에 남아 있는 맛이고, 그리움이기도 하다. 보편은 차별을 극복하고 넘어서는 의미다. 호박 눈썹 나물에서 시인은 그 보편성을 찾아내고 있다.

마지막 연의 시선은 다시 기술가정과 선생 이야기다. 호박 나물이라고만 알고 있던 음식 이름을 '호박 눈썹 나물'이라고 깨닫게 됨으로써 '이쁘'다는 말로 표현되는 구체성을 확보하는 의미 단락이다. 남녀의 분별과 차별을 넘어서는 보편성은 구체성을 지닐 때 비로소 완성되는 것임을 시인은 에둘러 그려 내고 있는 것이다.

그런데 마지막 행에서, 호박이 밋밋해서 싫다는 아이들의 이야기를 슬쩍 던져 놓음으로써, 보편과 구체를 뛰어넘어 현실의 한계를 짚어 내고 있다. 그 아이들이 호박의 밋밋한 맛이 얼마나 깊고 그윽한가를 깨닫는 데는 또 얼마나 긴 시간이 필요할 것인가.

　　장맛비 열흘 넘게 이어져 길마저 끊기고,
　　성 안팎에는 밥 짓는 연기조차 보이지 않았지
　　성균관에서 돌아오는 길
　　대문간 들어서자 떠들썩한 소리
　　며칠 전 끼니거리 떨어져

호박죽 끓여 겨우겨우 때웠다네

그 바람에 열린 호박 다 따먹고

늦게 꽃 핀 호박은 미처 여물지 않았다지

항아리처럼 통통하게 여문 이웃집 호박 보고

어린 계집종이 몰래 훔쳐 왔다가

칭찬 대신 혼이 나는 중이라네

"누가 너에게 도둑질을 가르쳤느냐"며 매를 맞는 중

"아니다, 그 아이 꾸짖지 마라.

이 호박 내가 먹을 테니 두말 말거라

이웃집에 가서 사정을 말하면 될 걸.

내게 청렴하다 하는 말 달갑지 않다"

때를 잘 만나면 내게도 벼슬길 열리겠지만,

차라리 산속에 들어가 금이나 캐 볼까나

만 권 책을 읽으면 아내 배가 부르겠나

두 이랑 밭뙈기만 있어도 계집종 죄 짓지 않았을 텐데

- 정약용 「호박 하나 때문에[南瓜嘆]」

다산의 이 시는 호박죽을 소재로 가난한 현실을 노래하고 있다.
책만 읽는 선비인 시인의 궁핍한 살림살이와, 어린 종의 호박 도둑질, 이럴 바에는 차라리 산속에 들어가 일확천금의 요행을 바라볼까, 두 이랑 밭조차 없는 막막한 현실을 직시하며 자조적인 한탄을 토로하고 있다. 호박죽조차도 마음껏 먹을 수 없는 현실, 가난이 죄가 되는 조선 후기의 실상을 시로 그려 내고 있다.

호박은 이처럼 오랜 기간 가난 구제의 음식이었으면서 동시에 최고의 맛을 내는 음식이기도 하다.

그런데 가만 생각해 보면 호박은 저 혼자 맛을 내는 존재가 아니라 다른 재료들과 어울려 새로운 세상을 창조해 내는 음식 재료다. 호박이야말로 어울려 살아가는 세상의 이치를 깨우쳐 주는 음식 재료임에 틀림없다.

그 자체로는 그저 달착지근하고 밋밋할 뿐, 독립적으로 생존하지 못하는 호박, 그러나 다른 재료들과 어울려 밋밋한 바탕 위에서 수많은 새 맛을 창조해 내는 호박이야말로 이 땅에 오랜 세월 끈질기게 뿌리내리며 살아온 우리 민초들의 모습을 상징하는 것이라고 할 수 있다.

자극적인 맛은 당장은 입에 달지만, 결코 깊거나 길지 못하다. 깊고 길게 이어져 온 맛은 어쩌면 밋밋한 데서 오는 것인지도 모른다.

음식 - 더불어 살아가는 삶

일본 오키나와의 가장 북쪽 바닷가에 해도곶[辺戸岬]이라는 마을이 있다. 그 바닷가에 거대한 석회암으로 형성된 바위산이 있다. 약 2억 년 전 석회암층이 침식되어 산이 되었다는 다이세키린잔[大石林山]이라는 산이다. 그 산에는 온갖 아열대 식물들이 밀림을 이루고 있고, 가끔 멧돼지가 산길을 가로질러 지나가기도 한다.

이 지역의 상징은 얀바루 쿠이나라는 새다. 흰 눈썹 뜸부기인데, 곳곳에 이 새 모양의 조형물을 만들어 놓았고, 온갖 상품에도 이 새를 새겨 놓았다. 지역의 보호종 새라는데, 사람들은 그 새를 마치 그 지역의 주민처럼 대하고 있는 듯 했다.

원래 미군 부대가 있던 곳이 새의 주요 서식지였는데, 오랜 싸움 끝에 미군 부대를 이전시키고 재자연화에 성공할 수 있었다고 한다.

오키나와는 류구국의 옛 땅이다. 가고시마 사쓰마 가문에 의해 일본 영토로 강제 병합된 섬이다. 제 2차 세계 대전 후에는 이 섬에 미군 부대가 들어서면서, 사람들의 삶도 많이 바뀌었다고 한다.

일본 내에서 가장 평균 수명이 긴 곳이었지만, 미군 부대가 들어선 이후 인스턴트 식품의 영향이 커지면서 건강에 심각한 위협을 받고 있을 정도란다.

인위적 변화는 자연을 파괴시키고, 결국 파괴된 자연은 인간의 삶마저도 흔들고 만다. 그런 인위적 변화를 문명이라고 혹은 개발이라고 부를 수 있을까?

햄버거와 콜라로 대표되는 미국식 음식 문화는 제 땅에서 난 음식물로 생활을 하던 류구인들의 삶을 송두리째 흔들어 버렸고, 그 교훈을 사람들은 자연과 인간의 관계에 대입시켜, 얀바루 쿠이나가 살 수 있는 환경을 확보해 낸 것이다. 그것이 얀바루 쿠이나만이 아니라 자신들의 삶을 건강하게 만드는 일이라는 것을 깨달은 것이다.

음식은 인간의 삶을 가능하게 해 주는 중요한 요소이면서 동시에 정신적 삶을 충족시켜 주는 위안물이기도 하다. 그래서 사람들은 음식을 통해 배를 불리면서 위안을 얻기도 하는 것이다.

> 옛 안공은 죽을 먹었다는데 밥을 지으랴
>
> 우리 집 양식이 떨어졌는데 죽을 얘기할까?
>
> 창가에 앉아 한유처럼 가난에 대한 글을 지으려다
>
> 붓 내던지고 한숨지으며 천정만 바라보네
>
> 어린 날 산사에서 글 읽을 무렵
>
> 스님들과 마주 앉아 끼니를 때울 때

나물뿌리도 향내 나도록 맛이 있었지

수많은 재산도 이룰 수 있으리라 믿었지

나 이제 벼슬자리 높아졌지만

죽사발에 흰 머리 아른거릴 줄 몰랐네

늙은 아내는 병든 내 몸 불쌍하다며

특별히 피죽을 한 그릇 얻어 먹이네

기름기 어린 죽을 훌훌 마시고

처마 밑에서 햇볕 쬐며 배 두드리다 드는 생각

종들은 그 죽조차 먹지 못하고 삐쩍 마르겠지

살림에 어두운 내 탓이리라

일평생 책만 읽고 사리분별도 못 해

집안조차 돌보지 못한 몸이 나랏일이라니

처자식 손잡고 산속에 들어가 사는 게 나으리

산속에는 고운 풀꽃들 푸르르리

　　- 이색 「죽을 먹으며[食粥吟]」

　이색은 어린 시절 공부를 하느라 산속 절에 있을 적에 먹은 나무
뿌리로 만든 죽도 향기가 나도록 맛있었다고 회고한다. 이제 오랜
세월이 흘러 높은 벼슬에 오르긴 했지만, 살림은 여전히 궁핍하고,

병든 몸이 되었다. 아픈 남편을 위해 아내가 죽을 끓여 주어 배불리 먹고 난 그는, 그 죽조차 제대로 못 먹을 종들과 살림에 어둡고 글만 읽을 줄 알았던 자신의 삶을 쓸쓸하게 돌아본다.

이색의 말대로 음식은 기억이다. 어린 시절 향내 나던 음식은 그 기억 때문에 그리운 것이고, 삶의 처지가 바뀐 지금은 맛이 아니라 기억이 그리운 것이리라. 어쩌면 나무뿌리로 만든 그 죽이 향기로웠던 것은, 그 음식이 온갖 양념으로 치장한 맛이 아니라 순수한 원재료의 맛 그대로였기 때문이고, 또 그 시절의 자신이 순수하고 순결한 꿈으로 가득 차 있었기 때문일 것이리라.

나이가 들면 자극적이고 감각적인 음식보다 수수하고 담백한 과거의 음식을 찾는 것도 그런 이유 때문일지도 모른다.

시를 쓰는 친구 녀석은

싱건지가, 송이눈 내리는 겨울밤

벌거벗은 여자의 희붕한 살빛 같다고 했지만

아서라, 옴쓰라미 뜬눈으로 버틴

야근을 마치고 퇴근한 아침

쏟아지는 햇살을 커튼으로 가리고

허리께 올라타 노곤노곤한 어깨와 등허리

애써 주무르는 아내의 손목을 타고 스며드는

스리슬슬 두루뭉실 달착지근 수수무리

허랑무봉인 요 맛, 싱싱한 싱건지의 맛

몽유도원인지 아수라 지옥인지

여름인지 겨울인지를 따지지 않고

제 육신을 놀려 한세상을 익혀 내는

알타리무 말간 몸에서 우러난

그 맛이더라 싱건지의 맛

- 박관서 「싱건지」『기차 아래 사랑법』, 2014, 푸른사상

싱건지는 조금 싱겁게 담근 물김치다. 시인은 싱건지를 아내와 같은 음식이라고 비유한다. 아내는 오랜 세월 함께 살아온 존재다. 때로는 그 자리에 없는 것 같이 있는 아내, 그 아내가 하루 종일 노동에 지친 자신의 몸을 주물러 주는 안마와 같은 음식이 싱건지다.

싱건지는 자극적인 양념으로 승부하는 음식이 아니다. 원재료인 무와 소금과 물로 깊고 그윽해지는 음식이다.

시인은 싱건지라는 단순하고 소박한 음식을 통해 부부 사이, 인간 관계에 대해 이야기하고 있는 것이다.

겨우 내내 온갖 죽을 먹으며 아픈 몸을 견뎌 낸 나는, 비로소 진

정한 음식이란 자극과 치장이 아니라 제 원래의 맛이어야 함을 깨닫는다. 남들보다 더 배불리 먹고, 더 맛있는 것을 먹기 위해 음식에 욕심을 내기 시작하면서 삶이 곤고해진 것인지도 모른다는 생각을 했다.

돌아보니 어느새 나는 내가 태어난 그 갑자甲子의 해를 지났다. 육십 년이라는 긴 세월이 지나서야 겨우, 그것도 몹시 아프고 나서야 음식에 대한 욕심을 깨닫게 된 나는 너무 늦게 삶을 알아 가는 늦둥이 지진아인지도 모른다.

막막해서 아름다운 삶의 흔적, 국수

메밀꽃은 없어도 가을은 오고

　강원도의 대표적인 농산물을 꼽으라면 흔히들 감자와 옥수수를 든다. 거기에 한 자리 더 얹으면 메밀이다. 돌아가신 어머니는 메밀을 꼭 메물이라고 불렀다. 나는 지금도 메밀묵보다는 메물묵이 더 맛있고, 메밀국수보다는 메물국수라고 해야 더 군침이 돈다. 어머님에 대한 그리움이 그 말 속에 담겨 있기 때문이다.

　메밀의 고장 하면 흔히 봉평을 떠올린다. 이효석의 소설 「메밀꽃 필 무렵」이 만든 이미지다.

　"산허리는 온통 메밀밭이어서 막 피기 시작한 꽃이 소금을 뿌린

듯 눈이 부시다."

소설의 이 한 구절이 후대의 관광 상품이 되어 봉평 하면 메밀이
라는 이미지를 구축해 낸 것이다. 봉평에서는 매년 '효석문화제'라
는 이름의 메밀꽃 축제를 열기도 한다.

그러나 어디 봉평에서만 메밀 농사를 지었을까?

태종 2년 임오년(1402년) 8월 8일의 실록에는 이런 기록이 있다.

"왕녀王女가 죽었으니 나이가 세 살이었다. 조회를 3일 동안 정
지하고, 백관들이 진위陳慰하였다. 선의문宣義門 밖에 장사지냈다.
이날에 날씨가 맑고 조금 추웠다. 임금이 박석명에게 말하였다.

"메밀이 아직 결실되지 않았는데 천기天氣가 이와 같으니, 서리
가 내릴 것 같다. 만일 서리가 내리면 메밀은 반드시 먹지 못하게
될 것이다."

- 한국고전번역원, 『조선왕조실록』에서

조선 초에도 메밀이 우리 민족의 중요한 식량이었음을 말해 주는
기록이다. 왕녀의 죽음을 하늘도 슬퍼하여 천기가 순조롭지 않다
는, 왕족은 하늘이 낸다는 조선 왕조의 의식이 배어 있는 기록이다.
거기에 백성의 먹고 사는 문제를 고민하는 왕의 배려까지 담아 낸

것이다. 이 기록을 통해 메밀이야말로 당시 민초들에게 중요한 곡
식이었음을 짐작할 수 있다.

메밀은 원래 동아시아 북부 지역과 중앙아시아, 아무르 강변 지
역이 원산지라고 한다. 원산지가 북쪽이니 우리나라 지역에서도 주
로 북쪽 지방에서 재배되었을 것이고, 그래서 분단 이전에는 함경
도 지역의 특산이었다. 그러던 것이 재배 면적이 남쪽으로 확대되
면서 전국적인 곡물로 자리 잡게 되었다.

화전이 많았던 1900년대 초기만 해도 메밀은 중요한 재배 작물
이었다. 불을 놓아 밭을 일구고 나면 제일 먼저 조를 심었다. 불탄
재에 가장 잘 재배되는 작물이 조였기 때문이다. 그 이후 콩이나 팥
을 심고, 지력이 쇠해질 때쯤 메밀을 심었다. 그만큼 메밀은 척박한
땅에서도 잘 자라는 강인한 작물이었기 때문이다.

칡 캐고 메밀 거두던 그 시절

노래 부르며 소 먹이던 그때 그리워

볏짐 지면 힘 솟아 흥겨워 했고

잎 지면 눈가에 눈물 맺혔지

지는 잎 바람결에 흔들리고

차가운 연못물에 달빛은 일렁이네

천 년 전 같이 오늘도 마음 아프니

무정한 하늘도 가을을 앓을까

- 「다섯째 동생 경희景羲 정일靖逸의 시에 답하여」

이 시를 쓴 갈암葛庵 이현일李玄逸(1627-1704)은 조선 후기의 문신이고 학자였다. 그의 학문은 영남 퇴계학파의 맥을 잇는 것으로 평가받고 있다. 그는 영해부寧海府 인량리仁良里에서 태어나 자랐다. 영해는 영덕 위쪽 동해안 지역이다.

이 시는 아우의 시에 화답하며, 어린 시절을 추억하는 내용이다. 그 어린 시절은 '칡 캐고 메밀 거두던' 때다. 칡을 캐고 메밀을 거둔다는 것은 가난한 시절을 의미하는 시어다.

메밀은 이처럼 가난한 살림살이의 상징이었다.

뿐만 아니라 메밀은 먼저 심은 농사가 실패했을 때 차선책으로 심을 수 있는 작물이기도 했다. 정약용의 『경세유표經世遺表』에는 이런 구절이 있다.

내가 전일에 호남에 있으면서 기사년己巳年과 갑술년甲戌年 흉년을 보았는데 삼복이 벌써 지났으나 모내기를 하지 못해서, 대파代播할 만한 것은 오직 메밀과 차조黏粟 두 종류뿐이었다. 영암창靈巖

177

倉에 메밀 200석이 있었는데, 만민이 앞을 다투어서 밟혀 죽기까지 했다.

    - 한국고전번역원, 『경세유표經世遺表』에서

이처럼 메밀은 대신 파종할 수 있는 첫손 꼽히는 곡식이었으니, 농부에게는 흉년에 삶을 유지하게 해 주는 가장 중요한 양식인 셈이다. 특히 중부 지방에서는 중복 무렵에, 남쪽에서는 말복에도 파종할 수 있는 곡식이기 때문에 감자 따위를 수확하고 난 밭에 심어 또 소출을 볼 수 있는, 이모작이 가능한 작물이었다. 농지가 부족했던 당시에는 더없이 유용한 곡식이었을 것이다.

메밀국수와 메밀묵, 그 담담한 포만

내가 사는 보리소골도 예전에는 온통 메밀밭이었다. 일찍 옥수수를 심어 수확한 후거나 혹은 감자를 캐고 난 뒤 후작으로 메밀을 심곤 했다. 메밀은 심는다고 하지 않고 '푼다'고 했다. 메밀을 푸는 날에는 머리에 흰 수건을 질끈 동여맨 사람들이 새벽부터 소를 몰고, 삼태기를 지고, 괭이를 메고 비탈밭에 모이곤 했다. 복중이니 한낮에는 더워서 일을 하기 힘들기 때문이다.

메밀은 씨앗을 재와 섞어 뿌리곤 했다. 한 사람이 소를 몰아 밭을 갈면 두 명이 재에 섞은 메밀 씨앗을 갈아 놓은 골에 툭툭 던져 넣었다. 아마 그래서 푼다고 했는지도 모른다. 두어 명은 풀어 놓은 메밀 씨를 괭이로 덮으며 뒤를 따랐다.

그렇게 푼 메밀은 뜨거운 한여름의 더위를 견디며 싹을 틔우고 키를 늘여 마침내 하얗게 꽃을 피웠다.

메밀묵은 메밀을 적당한 물과 함께 맷돌에 갈아 걸러 오래 끓여 만든 음식이다.

메밀 음식은 메밀꽃처럼 은은한 맛을 낸다. 담백함 속에 은근히 구수한 맛이다. 그래서 처음 먹는 사람은 아무 맛도 없다고 하지만, 돌아서면 자꾸 생각이 나고, 그렇게 자꾸 먹다 보면 오래된 친구처럼 진국의 맛이 그 속에서 우러난다.

그러나 메밀 음식은 먹고 나면 배가 허전하기도 하다. 먹을 때는 배가 부르지만 금방 소화가 되고 칼로리가 매우 낮기 때문이다. 그래서 메밀 음식이 당뇨식으로 각광받고 있기도 하다. "먹고 돌아서 신발 끈 매면 허기진다"는 우스갯소리가 있을 정도다.

길 따라 아득히 연산은 멀어

말굽에 먼지 일며 또 하루가 가네

티끌 먼지 맺힌 눈에 풍경은 남의 일

어두운 밤길 같은 먼 길을 가네

풍경조차 눈 깜짝할 사이 스쳐 지나니

말 멈추고 노래하는 사람 아무도 없네

곤히 누워 든 잠에 코고는 소리는 우레 같고

양고기에 메밀국수 배터지게 먹어도

나라 생각 별빛처럼 급해 배부른 줄 모를 정도

중서성에서는 공문 재촉이 이어지는데

예의를 지켜 응대할 외국인이라는 걸 누가 알까

사신들 왕래에 관리할 일 별로 없어

흥이 나면 오래 서서 높은 소리로 시를 읊다가

시 한 구절 종이에 적으면 그뿐

이 산골 역의 청산은 우리 땅과 같아

우는 새와 스님 사이에 구름만 가득해라

어느 곳인들 사람들 숨어 살지 못할까

언젠가 이곳에 와 내 시를 읊으리

목은牧隱 이색李穡(1328-1396)의 『목은시고牧隱詩藁』 중 「산골 역에

한시와 현대시로 읽는 세상 이야기 **한시, 세상을 탐하다**

서」라는 시다.

국경의 산골 역참 모습을 자세하고 세밀하게 그려 낸 작품이다. 원나라와 경계를 맞대고 있는 곳이니 북쪽이고, 그래서 산골 역의 음식도 원나라나 고려의 북쪽식일 수밖에 없다. 양고기는 원나라 사람들의 주식이었을 것이고, 메밀국수는 고려식 음식일 것이다.

고기에 메밀국수는 썩 잘 어울리는 조합이지만, 그 둘만으로는 무언가 부족해 보인다. '양고기에 메밀국수를 배 터지게 먹어도' 배가 부른 줄 모르는 것은 일의 스트레스 때문이다. 고려도 아니고 원나라도 아닌 역참의 지위를 상징하는 것이 양고기와 메밀국수다. 두 음식은 개별적으로는 각 나라의 음식이지만, 두 음식이 어우러지면 어느 나라의 음식도 아니기 때문이다. 그 부조화가 바로 산골 역의 현실적 자리인 셈이다. 배 터지게 먹어도 금방 배고플 수밖에 없는 메밀국수의 허기와 아무리 먹어도 개운하지 않은 이국의 음식 이야말로 어느 나라에도 속하지 못한 국경 산골 역참의 시적 상징이다.

사실 메밀로 만든 음식은 그 자체로는 아무 맛도 없다. 단단하지도, 그렇다고 죽처럼 묽지도 않으니 식감 또한 이도 저도 아니다. 그런데 먹고 돌아서 몇 걸음 걷다 보면 묘하게 입안에 남는 뒷맛의

끌림이 있다. 구수하면서 텁텁하면서 쌉싸름하다. 맛없는 듯 맛있고, 맛있는 듯 무미하다. 그래서 메밀 음식, 그 중에서도 묵은 청년의 음식이라기보다 중년 이상의 음식이다. 삶의 온갖 곡절을 겪고 난 뒤, 삶이 덧없다는 것을 깨달을 나이에 비로소, '아, 살아가는 일이란 특별할 것 없는 그저 덧없고 허전한 것이구나!'라고 되뇌일 만한 나이 때에야 입에 맞는 음식이다.

그래서 메밀 음식에는 반드시 담담한 메밀의 맛을 무화시키지 않으면서 함께 상승 작용을 해 주는 보완 재료가 필요하다. 메밀묵에는 양념간장이거나 송송 썰어 넣은 묵은지이고, 메밀국수에는 조금 짭쪼롬한 동치미 국물이나 동치미 무가 그 역할을 해 준다.

나는 지금도 선명하게 기억한다. 어린 시절 겨울이면 사랑채 아궁이 커다란 가마솥에 김을 자욱하게 올리며 끓던 물과, 가마솥 위에 올려 놓은 나무로 만든 국수틀, 아궁이에서 아련하게 타오르던 붉은 장작불, 국수틀에 매달려 온 힘을 다해 반죽을 내려 국수를 만들던 어른들, 끓는 물에 내려앉은 국수를 건져 내 찬물에 넣어 씻어 내던 어머니를. 이윽고 동치미 국물에 말아 내온 메밀국수로 흥성하게 빛나던 동네 사람들의 열기를.

혹은 맷돌에 갈아 오랜 시간 끓여 내 굳힌 메밀묵을 얇은 직사각형으로 썰어 담아 놓았던 어머니의 희디 흰 사발 그릇을.

그 시절로부터 우리는 얼마나 멀리 걸어 왔나! 척박한 삶 속에서 찾아낸 지혜로운 음식이었던 생존의 메밀은 이제는 그저 기억의 아련한 파편으로 남아 있을 뿐이다. 과정은 모두 생략된 채, 결과로만 우리 앞에 놓인 메밀국숫집에서 나는 때때로 아득해진다. 아무도 삼복에 메밀을 푸지 않고, 맷돌을 돌려 메밀묵을 만들지 않고, 가마솥에 메밀국수를 내리지 않는다. 그저 별미인 상품으로 메밀국수와 메밀묵을 사 먹을 뿐이다.

내가 사는 이 골짜기는 이제 메밀을 심지 않는다. 대부분의 메밀은 중국에서 수입해다 쓴다. 골짜기 파도를 이루던 메밀꽃은 한 송이도 찾아볼 수 없다. 메밀 축제의 고장 봉평에도 곡식 생산을 위해 메밀 농사를 짓는 곳은 많지 않다. 실제 메밀이 가장 많이 생산되는 곳은 제주도라고 한다. 고랭지 배추와 고추가 더 값나가는 상품이 된 세상이니, 돈 안 되는 메밀 농사는 점점 쇠락해지고 말았다. 축제의 풍경 장식을 위해 메밀을 심고, 드라마 <도깨비>에서 공유가 김고은에게 건넨 꽃으로서만 관심을 끌 뿐이다.

메밀은 척박한 땅에서 생존을 위해 심은 작물이었다. 이제는 척박한 시절은 끝난 것일까? 그런데 왜 생은 갈수록 행복하지 않고 더 척박해지는 것일까?

나는 고추와 더덕을 심어 놓은 골짜기 긴 밭을 보며, 문득 골짜기를 물결치던 눈부신 메밀꽃을 떠올린다. 그러나 그 풍경은 그저 환상일 뿐이다. 정선 아라리처럼 느리고, 유리알처럼 빛나는 메밀꽃 일렁이는 풍경은 어디에도 이제는 없다.

국수 삶던 시절

메밀이 내게 1960년대의 기억이라면 국수는 1970년대의 추억이다. 국수에 대한 내 최초의 기억은 1960년대 어느 날 안흥장이다. 그 당시만 해도 안흥장은 꽤 손꼽히는 큰 장이었다. 장날이면 학교가 끝나자마자 집과는 반대 방향인 면 소재지 장터로 내달리곤 했다. 사람들로 북적거리는 장터 한 구석에는 커다란 가마솥을 걸어 놓고 국수를 삶아 파는 노점상이 있었다.

장날은 농사짓는 사람들에게는 닷새에 한 번 돌아오는 휴일인 셈이었다. 장마당에 가면 늘 동네 어른들을 다 만날 수 있었고, 그 어른들 중에는 아버지도 대부분 한자리 차지하고 계셨다. 평소 무뚝뚝하신 아버지지만 장터에서 만나면 살갑게 머리를 쓰다듬어 주곤 하셨다. 그리곤 어김없이 노점 국수 가게에서 국수 한 그릇을 사 주곤 하셨다. 장터국수라고 이름 붙이면 가장 적당할, 시래기를 넣고 고추장과 된장을 섞어 멸치 몇 마리 넣은 그 국수는 세상에서 가장 맛있는 음식이었다. 장터의 흥성거리는 풍경이 더 맛을 돋우었는지도 모른다.

그러다 서울로 이사를 하게 되었고, 그때부터 나는 국수를 싫도록 먹어야 했다. 가난한 서울살이에서 삼시 세끼를 밥으로 살 수 없던 처지라 저녁은 늘 국수였다. 그만큼 값이 싼 음식이 국수였다. 길가에 널어 말리는 국수를 사 오는 것은 내 담당이었다. 국수 가게 아주머니는 신문지에 마른 국수를 둘둘 말아 건네주곤 했다. 나는 그 국수를 들고 산동네를 한달음에 달려 올라갔고, 어머니는 멸치 다시를 내어 국수를 삶았다.

저녁마다 둘러앉아 먹던 후루룩거리는 소리가 그 당시 국수에 대한 내 기억의 음향이다. 우리 옆방에 하숙을 하던 대학생 형은 저녁마다 내놓은 국수가 지겨웠는지, 계약 기간도 채우지 않고 짐을 싸기도 했다.

그러고 보면 국수 또한 내게는 척박한 살림살이의 상징인 셈이다. 동시에 메밀 음식처럼 여럿이 함께 먹는 음식의 상징이기도 하다. 다만 그 '함께'가 메밀은 '마을 사람들과 함께'였다면 국수는 '식구들과 함께'였다는 작은 차이만 있을 뿐이다. 메밀에서 국수로 시대가 달라진 것은 마을 공동체가 가족 공동체로 변화한 시대적 삶을 반영한다고 하면 지나친 억측일까?

눈이 많이 와서
산엣새가 벌로 나려 멕이고
눈구덩이에 토끼가 더러 빠지기도 하면
마을에는 그 무슨 반가운 것이 오는가보다.
한가한 애동들은 어둡도록 꿩 사냥을 하고
가난한 엄매는 밤중에 김치가재미로 가고
마을을 구수한 즐거움에 사서 은근하니 흥성흥성 들뜨게 하며
이것은 오는 것이다.
이것은 어느 양지귀 혹은 능달쪽 외따른 산 옆 은댕이 예데가리
밭에서
하로밤 뽀오얀 흰 김 속에 접시귀 소기름불이 뿌우현 부엌에
산멍에 같은 분틀을 타고 오는 것이다.
이것은 아득한 녯날 한가하고 즐겁던 세월로부터
실 같은 봄비 속을 타는 듯한 녀름 속을 지나서 들쿠레한 구시
월 갈바람 속을 지나서
대대로 나며 죽으며 죽으며 나며 하는 이 마을 사람들의 으젓한
마음을 지나서 텁텁한 꿈을 지나서

지붕에 마당에 우물 둔덩에 함박눈이 푹푹 쌓이는 여느 하로밤

아베 앞에 그 어린 아들 앞에 아베 앞에는 왕사발에 아들 앞에는

새끼사발에 그득히 사리워 오는 것이다.

이것은 그 곰의 잔등에 업혀서 길여났다는 먼 넷적 큰마니가

또 그 집등색이에 서서 자채기를 하면 산 넘엣 마을까지 들렸다는

먼 넷적 큰아바지가 오는 것같이 오는 것이다.

아, 이 반가운 것은 무엇인가

이 히수무레하고 부드럽고 수수하고 슴슴한 것은 무엇인가

겨울밤 쩡하니 닉은 동티미국을 좋아하고 얼얼한 댕추가루를

좋아하고 싱싱한 산꿩의 고기를 좋아하고

그리고 담배 내음새 탄수 내음새 또 수육을 삶는 육수국 내음새

자욱한 더북한 삿방 쩔쩔 끓는 아르굴을 좋아하는 이것은 무엇인가

이 조용한 마을과 이 마을의 으젓한 사람들과 살틀하니 친한 것

은 무엇인가

이 그지없이 고담枯淡하고 소박素朴한 것은 무엇인가

　- 백석 「국수」

이 시는 1941년 『문장』에 발표한 작품이다. 백석에게 국수는 그리움의 상징이다. 그에게 국수는 눈 오는 겨울날의 음식이고, 봄 여름 가을의 시간이 담겨 마침내 겨울에 만나는 음식이며, 멀리는 대대로 이어진 마을 사람들의 꿈의 음식이다. 그래서 그에게 국수는 마치 제 살붙이처럼 친하고 소박한 음식이다. 한마디로 하면, 마을 사람들을 국숫발처럼 연결시켜 주는 또 다른 이웃인 셈이다.

평안도 사투리로 더 구수하게 국수의 맛을 풍겨 내는 이 작품은 식민지 시대 제국주의에 의해 파괴된 조선 민중의 삶을 다시 복원해 내고 있다. 그 복원은 공동체의 삶에 대한 작가의 그리움이다.

내게 국수가 1970년대의 가족 공동체의 상징이라면 백석에게는 마을 공동체, 더 나가서는 민족 공동체의 상징이다. 그것은 백석과 내가 살았던 시대의 차이 때문이다.

백석의 「국수」를 읽으면 나는 자꾸 흰 밀가루 국수가 아니라 메밀국수가 먹고 싶다. 경험과 시대의 차이는 음식을 대하는 또 다른 시선을 만들어 낸다. 눈이 많이 내리는 날, 메밀국수를 삶던 내 어린 날의 풍경이 고스란히 백석의 시로 되살아나곤 한다.

백석 시에서도 국수는 여전히 척박하고 가난하지만 풍요로운 시절의 상징이어서 그렇다. 메밀국수면 어떻고 밀가루 국수면 어떠랴, 그 풍경 속에서는 함께 먹고 함께 떠들며 저물어 가던 밤의 시간들이 있는데.

척박한 환경의 산물, 국수

　일본 히로시마[廣島]에서 동쪽으로 휘어 들어온 바다를 건너면 시코쿠[四國]라는 섬이 있다. 휘어 들어온 바다는 세토나이카이[瀬戸內海]다. 시코쿠라는 이름을 들을 때면 작은 섬을 나라라고, 그것도 네 개의 나라라고 이름을 붙이다니 하며 고개를 갸웃거리곤 했었다. 네 개의 현이 있어 사국四國이라고 이름을 붙였다고 하지만, 굳이 사현四縣도 아니고 사국이라니 해서였다.

　그 시코쿠의 네 현 중 하나가 가가와[香川]다. 가가와현의 옛 이름은 사누키[讚岐]다. 일본 우동 하면 먼저 떠오르는 사누키 우동이 바로 이 지역의 특산이다.

　마쓰야마[松山]에서 가가와로 가는 길에 간온지[觀音寺] 역에 내린 적이 있었다. 간온지는 에이메현[愛媛縣]에서 가가와현으로 들어가는 초입 마을이다. 간온지에는 전형공원錢形公園이 유명하다고 해서 들른 것이다. 모래 위에 거대한 동전 모양의 그림을 새겨 놓았는데, 산꼭대기에 올라가야 전체 모양을 볼 수 있기에 뜨거운 햇살을 견

디며 허위허위 산 위에 올랐다. 온몸이 땀범벅이 되었지만 내려다
보는 동전 모양의 모래 조각은 볼 만했다. 매년 태풍이 모래를 뒤집
어 놓으면 초등학교 아이들이 다시 그려 넣는다는 동전 모양 조각
은 이웃 성주의 방문에 접대용으로 만든 것이라는 아픈 전설을 담
고 있었다.

마침 늦은 점심시간이고 산길을 올라 몸도 지쳐 식당을 찾았다.
한적한 마을을 이리저리 헤맨 끝에, 전혀 식당이 있을 것 같지 않은
주택가 한복판에서 그 우동집을 발견했다.

문을 열고 식당 안으로 들어서니, 작은 테이블 몇 개가 전부인 작
은 공간이었다. 그런데 주방 안쪽이 홀보다 훨씬 넓었다. 그곳에 제
법 커다란 국수 기계를 놓고 직접 면을 뽑고 있었다.

추천을 해 달라고 하니 츠케우동을 권했다. 간장 국물에 찍어 먹
는 우동이다. 먼저 간장 국물을 조금 떠서 맛을 보았는데, 세상에서
내가 먹어 본 우동 간장 중 최고였다. 가다랑어와 멸치를 섞고 생강
즙을 넣은 듯했는데, 감칠맛이 그만이었다. 우동의 면발도 쫄깃쫄
깃하고 적당한 탄력을 유지한 채 입안에서 머무는 식감이 먹는 내
내 온몸을 기분 좋게 만들었다. 먹다 생각해 보니, 이곳이 사누키다.
왜 사누키 우동 사누키 우동 하는지 비로소 이해가 될 것 같았다.

그 여행 내내 나는 매 끼니를 우동을 먹고 다녔다. 대중적인 우동

집의 맛은 그저 그랬지만, 대부분의 우동집은 기대 이상이었다. 우동 학교에도 찾아가 보았다. '강남 스타일'에 맞춰 면을 반죽하고, 국수를 만들고, 끓여 먹는 과정을 놀이처럼 진행하는 프로그램이었다. 만드는 과정이야 우리네 칼국수 면과 같았지만, 사누키라는 이름으로 다양한 프로그램을 만들고, 체험과 맛을 결합하여 관광객들의 호기심을 충족시켜 주는 시스템은 부러웠다.

사누키 우동이 유명한 것은 이 지역의 척박한 환경과 깊은 관련이 있다. 사누키 지역은 논농사를 지을 물이 부족한 땅이 대부분이고 아래쪽인 고치현[高知縣] 쪽에서 들어오는 태풍과 폭우에 자주 노출되는 곳이었다. 그래서 할 수 없이 짓게 된 것이 밀 농사였다. 밀을 수확하다 보니 자연히 면 요리가 발달하게 되었고, 동쪽 바다에서 많이 잡히는 가다랑어(가쓰오부시)와 멸치, 천일염 등이 어울려 사누키 우동의 명성을 높이게 된 것이다.

그러니 사누키 우동은 척박한 자연 환경이 만들어 낸 맛있는 음식이라고 할 수 있다. 강원도 화전민의 주요 재배 곡물인 메밀이 가혹한 환경의 결과물인 것과 같다.

여행 내내 나는 척박한 현실을 관광 상품으로 만들어 낸 그들의 시스템이 부러웠다. 내가 사는 강원도도 척박하기로는 손꼽히는 지역이다. 그 척박함이 자연을 보존하는 결과를 낳았고, 최고의 관광

지로 손꼽히게 만들었지만, 그러나 여전히 강원도의 특색을 제대로 살려 내는 관광 상품은 부족하다는 생각이 들었다.

어쩌면 인류의 모든 음식은 척박한 환경의 결과물인지도 모른다. 감자 역시 지대가 높고 척박한 환경의 산물이다. 안데스 고산 지역이 원산이기에 씨감자는 심는 곳보다 높은 곳에서 생산된 것이어야 수확이 잘 된다. 감자의 유전자는 제가 태어난 척박한 땅의 흔적을 기억하고 있는 것인지도 모른다.

원래 우리가 먹던 메밀국수나 메밀묵, 밀가루 국수 같은 것들은 이제는 기억의 음식이 되어 버렸다. 농사를 짓지 않고 수입해서 만드는 메밀국수, 메밀묵, 밀가루 국수는 엄밀히 말하면 원래의 음식이 아니다. 그것은 기억만을 되살려 내기 위한 수단으로서의 음식이라고 할 수 있다.

내가 사는 골짜기에는 이제 메밀 한 톨 없다. 장날 횡성 시장에 나가 사 먹곤 하는 메밀 부침개 원재료도 다 중국산이다. 제 땅에서 나는 재료로 만드는 음식은 기억이면서 맛이고 흥이다. 백석의 「국수」를 읽으며 입맛이 도는 것은, 그 국수를 만들어 내는 과정의 공동체적 흥겨움 때문이다. 밀 농사를 짓지 않고, 달밤에 눈부시게 빛나는 메밀꽃을 볼 수 없으면서 먹는 국수나 메밀국수, 메밀묵은 왠지 허전하다. 그 허기는 고픈 배의 허기가 아니라 잃은 기억의 허기다.

평화, 천천히 꾸준히 걸어갈 길

늦둥이 막내, 군에 가다

막내가 군대에 갔다. 미루고 미루며 미적거리다가 결국 대학 3학년을 끝내고 늦은 나이에, 마치 유행가 가사처럼 '뒤 돌아보고 또 돌아보며' 집을 떠났다. 하긴 특별한 몇몇을 빼놓고는 대개 군에 가기를 좋아하지 않을 터이니, 녀석의 망설임이 이해되지 않는 것은 아니다.

대개 하나 아니면 둘뿐인 자녀로 자란 아이들이, 십 수 개월을 갇힌 공간에서 낯선 사람들과 생활하며, 익숙하지 않은 일들을 해내야 한다는 것은 크나큰 스트레스가 아닐 수 없을 것이다.

막내는 큰아이와 터울이 많이 지는 늦둥이다. 내가 해직이 되고, 생계 문제 때문에 더는 아이를 낳을 생각을 갖지 못하다가, 복직 후에 낳았으니 자연 터울이 질 수밖에 없었다.

나이 든 부모를 둔 탓인지 녀석은 활동적인 성격이 아니라 안방 퉁수에 가까웠다. 학교에 다닐 때도 가장 못하는 과목이 체육이었다. 하루 종일 도서관에 앉아 책을 보는 것은 얼마든지 할 수 있었지만, 몇 분이라도 축구나 농구를 하자고 하면 손을 절레절레 내젓곤 했을 정도였다.

'아, 체질적으로 운동이 안 되는 아이도 있구나.'

내가 그런 생각을 할 정도였다.

한번은 건강을 위해 헬스를 하자고 꼬드겨 동네 문화센터로 데리고 가는 길이었다. 횡단보도 앞에서 마치 도살장에 끌려가는 소처럼 발을 뻗대고 있다가 개미 소리를 냈다.

"헬스 안 하면 안 돼요?"

억지로 물가로 끌고 갈 수는 있지만, 강제로 물을 먹일 수는 없는 법이니, 나는 그만 포기를 하고 말았다.

그 후에도 운동과는 담을 쌓고 살았다. 아무리 운동이 몸에 좋다고 설득을 해도 아이는 요지부동이었다. 체질적으로 운동을 싫어하는 경우도 있다고 하니, 그런 축에 드는가 보다 하고 말았다.

운동은 싫어하지만, 제가 좋아하는 일은 밤을 새기도 하고 집요할 정도로 빠져 사는 아이였다. 평소 자동차에 대한 관심이 많아, 세계의 자동차 유래와 역사, 변천 과정과 현재, 미래의 전망은 몇 시간이고 지치지 않고 주워섬길 정도였다. 특히 독일의 자동차가 세계 시장을 장악하게 된 과정과 제 2차 세계 대전의 연관성 같은 이야기는 내가 들어도 혹할 정도로 재미있었다.

잡다한 것에 관심이 많아 아이스크림과 식빵 같은 것의 역사 이야기를 내게 자랑스럽게 들려주기도 했고, 일본 아베 정권의 성격과 일본이 우리처럼 역동적이지 못하고 소극적 정치 참여를 하게 된 이야기도 들을 만했다.

제가 좋아하는 것에 대해서는 마치 스펀지가 물을 빨아들이 듯 책을 읽고 인터넷을 뒤지곤 했지만, 싫어하는 운동은 중계방송조차 보지 않았다.

소위 요즘 아이들의 전형적인 모습, 길들여지지 않는 개성 같은 것들이 녀석에게는 장점이면서 단점이라는 생각이 들었다.

오직 관심 분야에만 집착을 하는 것은 친구 관계에도 드러났다. 제가 관심 있는 분야를 좋아하는 친구들과는 술 한잔 마시지 않으면서도 하루 종일 어울려 토론을 하곤 했다. 그러나 제 관심과 다른 친구들과 같이 있으면 입을 잘 벌리지 않는 과묵한 아이가 되고 말았다.

그런 성격으로 군에 가게 되었으니 걱정이 이만저만이 아니었다. 군이라는 조직 사회와 생래적으로 맞지 않은 아이라는 것을 알기 때문이었다.

학교, 획일에서 다양성으로

내가 몇 년 떠나 있던 학교로 돌아온 것은 1994년이었다. 학교 밖에 있던 그 몇 해 동안, 학교는 이미 떠나기 전의 학교와 많이 달라져 있었다. 행동이나 생각 모두 낯설도록 변해 있었다.

해직 전의 아이들이 집단적이고 공동체 중심이었다면, 복직 후 만난 아이들은 개별적이고 개인 중심의 사고를 지니고 있었다. 이런 낯선 변화의 의미가 무엇일까? 나는 오랜 시간 고민에 고민을 거듭했다. 주변의 동료 교사들과도 하소연 반 궁금증 반으로 자주 이야기를 나누곤 했다. 그런 고민은 나만의 것이 아니었다. 어떤 복직 교사는 그 낯선 아이들과 소통이 되지 않아 정신과 치료를 받는다고도 했다.

어떻든 아이들은 변화했고, 교사는 변화된 아이들과 함께 생활하고 수업해야 하는 처지였다. 그 논의의 결과 내린 결론은, 기성세대가 가지고 있던 유교적, 도덕적 가치가 더 이상 새로운 아이들의 삶과 정서와 닿아 있지 않다는 거였다. 공동체의 가치, 정신이 물질보다 더 소중하다는 기성세대의 암묵적 인식은 그 효용 가치를 상실해 가고 있는 중이다, 세계를 자기중심으로 바라보고, 정신보다 물질이 더 의미 있다는 생각을 갖고 있는 아이들에게 기존의 가치는 케케묵은 고루한 생각일 뿐이었다. 그러니 기존의 가치를 바탕으로 가르치려는 교사와 그 가치가 의미 없다고 여기는 아이들의 생각이 충돌하는 것은 불을 보듯 뻔한 일이었다.

그 결과는 교실 붕괴니, 과잉 행동 장애니 하는 생소하고 새로운 언어로 세상에 드러나기 시작했다.

신세대의 그러한 인식은 몸에 문신을 하고, 두발에 염색을 하는 저항으로 나타났다. 그리고 더 시간이 흐르자, 이러한 신세대의 의식들은 두 가지 방향으로 사회에 뿌리를 내렸다. 하나는 기성세대의 경제 만능, 출세 지향의 수용이었다. 건물주가 꿈이고, 돈을 많이 버는 것이 장래의 희망이라고 하는 친구들이 많아졌다. 이는 오로지 세속적 출세와 자본의 확대 재생산 지향이라는 기성세대의 천민 자본주의적 인식이 변형되어 아이들에게 투영된 결과라고 할 수 있다.

다른 하나는 출세보다는 내가 하고 싶은 일을 하며 사는 게 행복이라는, 기성 가치의 부정으로 나타났다. 공동체의 가치, 기성세대의 질서에 억압당했던 개인의 자유와 행복이 비로소 꽁꽁 싸맨 보자기를 풀고 세상에 드러나기 시작한 것이다. 그 결과가 앞에서 말한 염색이나 문신, 혹은 두발 자유화 같은 요구들로 나타났다. 소위 덕후(오타쿠) 문화가 표면화되기 시작한 것도 그런 경향의 하나라고 할 수 있다.

이 두 지향은 지금도 여전히 학교를 지배하는 축으로 존재한다. 대학 입시와 대기업 취업 등 출세 지향의 목표를 설정하고 살아가는 아이들과 온갖 다양한 방면으로 전문가적 소양을 지닌 덕후로 살아가는 아이들, 그 두 모습이 그것이다.

아이들의 그런 변화 과정에 느리게나마 대응하고 고민한 결과가 진로 직업 교육과 실업 교육, 상담 교육의 중요성 등의 부각이었다.

이런 변화가 이루어지기 전까지, 학교는 획일적이고 상명 하달식의 철저한 복종 관계가 중심인 사회였다. 그 사회는 군사부일체君師父一體라는 중세의 이데올로기가 바탕인 곳이었다. 학교 건물은 일자一字형으로 지어 밖에서 보면 한눈에 전체를 꿰뚫어 볼 수 있는 구조였다. 그 건물 앞에는 운동장이 있고, 교실은 일렬횡대로 배치되어야 했다. 이는 획일적 감시와 지배를 용이하게 하는 건축 양식이었다. 교무실은 대중탕이라고 불릴 정도로 거대한 공간으로 만들어 관리자인 교감의 자리에서 보면 한눈에 모든 교사가 다 들어와야 했다. 이는 교실에도 그대로 연결되어 교단에 서면 모든 학급 구성원이 한꺼번에 다 내려다보이는 구조였다. 아이들은 등교할 때부터 교문 지도를 통해 용의 복장과 두발 상태를 감시받아야 했고, 등교 후에는 교문을 잠궈 외부로의 출입이 통제되었다. 이런 구조 속에서는 그저 교사는 지시하고, 학생은 복종하는 관계만 존재할 뿐이다. 그 구조는 학생 대상만이 아니라 교사와 부장 교사, 교감, 교장이라는 교직원 간의 수직적 구조로도 연결된다.

이제 학교는 그런 기존의 구조들을 많이 바꾸고 있다. 여전히 과거의 수직적이고 상명 하달식 체계가 완전히 사라진 것은 아니지만, 건물은 기역 자나 니은 자, 혹은 디귿 자로 다양화되고, 교실은 일렬종대 배치가 아니라 두어 교실만 이웃하는 다른 공간으로 구성되기도 한다. 운동장 말고도 다양한 공간들을 배치함으로써 획일적 구조를 극복하려는 대안을 찾고 있다. 두발 자유화가 이루어지고, 다양한 교실들과 교무실들이 소규모로 배치되기도 한다. 무엇보다도 상담 전문 교사나 진로 직업 전담 교과가 생겨나고, 비록 형식적이기는 하지만 학교 폭력 대책 위원회 같은 것도 구성되어 있다. 그리고 혁신학교나 공립 대안학교 같은 새로운 실험적 공교육이 나타나기도 했다.

이제 학교는 조금씩이나마 변화하는 길 위에 서 있다. 아직 갈 길은 멀지만, 그 변화는 누구도 막을 수 없고 누구도 멈출 수 없다. 그 이유는, 변화하지 않고서는 새로운 성향을 지닌 아이들을 교육할 수 없기 때문이다. 그러니 이런 변화를 이끌어 낸 것은, 교사들의 노력도 있지만, 대부분이 아이들이라고 할 수 있다. 교육 수요자의 요구에 맞추지 않는 교육은 교육자나 피교육자 모두에게 고통스러울 뿐만 아니라 헛되기까지 하다.

군대, 또 다른 학교

학교와 가장 비슷한 구조를 가지고 있는 곳이 군대다. 군대야말로 상명하복의 원칙이 가장 잘 지켜지는 곳이다. 군대의 막사가 학교처럼 일렬횡대의 정형적 구조를 갖추고 있는 것도 그런 명령 체계의 건축적 표현이다.

철저한 계급 중심으로 수직적 체계를 갖춘 군대 조직은 군대의 특수성이라고 인정한다 치자. 그런데, 문제는 입대 적령기의 청년들이 과거의 도덕적 가치를 최고의 덕목으로 삼는 아이들이 아니라는 데 있다.

획일적이고 수직적인 군 체계는 자유와 개성을 삶의 중요 가치로 삼는 요즘의 청년들과 본질적으로 맞지 않는 구조다. 특히 우리나라처럼 국민 모두가 입대해야 하는 국민 개병제 제도에서는 더 그렇다. 이는 국민 모두가 의무적으로 다녀야 하는 학교라는 틀과 필연적으로 같을 수밖에 없는 조건이다. 어쩌면 학교는 그래도 획일적 틀 속에서 움치고 뛸 수 있는 조금의 여유라도 존재하니 덜 할지 모른다. 공부가 하기 싫으면 안 해도 당장 큰 문제는 없고, 학교에 늦어도 그저 혼이 좀 나면 그만인 곳이 학교다. 아예 다니기 싫으면 대안학교나 홈스쿨링 같은 다른 탈출구도 존재한다.

그러나 군대는 가기 싫다고 해서 안 갈 수 없는 곳이다. 학교보다 더 강력한 의무라는 제약 속에 군은 존재한다. 그래서 억지로 군에 끌려간 청년들은 대부분 암담하고 우울한 시간으로 군 생활을 기억하게 된다. 재미있는 학교는 가능하지만, 재미있는 군대는 불가능에 가깝다. 그것이 의무적인 입대라는 체제를 갖추고 있는 한은 그렇다.

자발성 없는 군대는 많은 병사들의 부적응을 초래하고, 심리적 황폐화를 가져오는 경우도 많다. 그것은 요즘만의 일이 아니라, 의무병 제도가 확립된 이래 오래도록 반복되어 온 일이다. 신대철의 시 「X」는 그런 심리적 공황과 현실 부적응의 현장을 노래하고 있다.(원문은 『무인도를 위하여』, 문학과 지성사, 1977 참조)

이 시에서 「X」는 제대 날을 기다리며 지워 가는 달력의 표시이기도 하고, 총구의 조준경에 보이는 목표물이기도 하다. 또한 원하지 않는 환경에 놓인 현실에 대한 부정의 표시이기도 하고, 그런 상황에 놓인 자신의 생에 대한 자괴감이기도 하다. 시적 자아는 지금 차와 포에 밀린 졸 같은 존재이고, 암호로 이루어진 캄캄한 세계에 놓인 녹슨 나사못 같은 처지다. 그래서 시적 자아는 시드는 달맞이꽃에 총구를 겨냥하고, 물총새를 겨냥하기도 하고, 어둠이 밀려드는 암담한 꿈을 꾸며 가을 끝까지 굴러가 있다. 결국 그 세계는 시 말미의 '사람이 갇혀 있'다는 절규로 남는다.

폐쇄되고 부자유한 현실, 자발적 의지가 실현될 수 없는 군대라는 암담한 현실의 모습을 시인은 서정적이면서도 섬뜩한 심리적 분열로 그려 내고 있다.

이 시가 창작된 6, 70년대의 현실에서 우리 군대와 사회는 얼마나 많이 달라졌을까? 요즘 군대가 군대냐는 우스갯소리를 하는 사람들이 많이 있다. 군기가 빠졌고, 병사들이 나약하다는 말이다. 그런데 과연 그럴까? 세상이 달라지고, 청년들의 가치와 태도가 달라졌는데도, 여전히 자유가 보장되지 않고 개성이 무시당하는 획일적 군대는 청년이 쉽게 적응할 수 없는 사회라고 할 수 있다. 그동안 살았던 가족과 학교라는 친숙한 사회에서 어느 날 갑자기 절연된 사회로 자신의 의지와 무관하게 편입되어야 하는 청년들은 본질적인 괴리감을 느낄 수밖에 없다. 그런 괴리감은 또 다른 심리적 공황과 자아의 분열을 가져오게 된다. 군에 적응하지 못하는 병사들이 많아지게 되는 것은 필연적 결과다.

그래서 국가 차원에서 소통을 강화하고 다양한 방법들을 통해 병사들의 군 생활을 의미 있게 만들어 가는 제도를 시행하고는 있다. 앱을 개발해 부모들과 소통을 할 수 있게 하고, 인터넷 카페를 만들고 일정 시간에 휴대폰을 사용할 수 있게 하며, 병사들과의 상담을 강화하는 제도가 그런 것들이다. 그러나 개성과 자유의 세대를 집단 생활로 묶어 놓는 한, 본질적 해결은 어려운 것이 현실이다.

군대야말로 기성의 가치와 새로운 세대의 가치가 가장 첨예하게 충돌하는 곳이다. 그 충돌이 다만 국방의 의무니 애국심이니 하는 마치 절대적으로 보이는 가치의 그늘에 가려 없는 것처럼 보일 뿐이다.

오래전, 내가 있던 학교에서 자매 부대(그때만 해도 그런 제도가 있었다)에 위문품을 가지고 방문한 적이 있었다. 연대급 부대였는데, 내가 담당 부서 기획이라 아이들 몇과 함께 부대를 둘러보고,

선물을 전달하고, 탱크를 타 보기도 했다.

점심을 먹고 연대장과 대화를 나눌 시간이 있었다.

"요즘 병사들은 정말 이해가 안 돼요. 글쎄 한 병사가 '엄마, 볼펜 사야 하는데 어떤 색깔 디자인을 살까?' 하고 전화를 하는 거예요. 엄마 치마폭에서 자란 아이들을 데리고 훈련을 하려니 제대로 되겠어요?"

연대장은 하소연처럼 그런 말을 했다. 그 말을 듣고 나는 그저 웃을 수밖에 없었다. 학교에서는 이미 오래 전부터 그런 일을 많이 보아 왔기 때문이다. 실내화를 살 때도, 공책을 살 때도, 심지어 학교 일 때문에 학원에 늦게 가게 되었을 때도 아이들은 늘 엄마의 의견을 묻고 보고를 하곤 했다. 자기 스스로 판단하고 결정하는 아이들이 점점 줄어드는 것이 현실이었다.

그러니 군대를 가서 교육을 받는 게 낫지 않겠느냐는, 그런 것을 가르치는 데가 군대라는 논리는 비현실적이다. 가르친다고 교정되고 달라지지 않는 것도 있다. 사회와 가정이 지금까지 그렇게 길러 놓고 군대에 가서 달라지기를 바라는 것은 계란으로 바위를 치는 것과 같은 행동일 뿐이다.

보다 본질적인 고민이 필요할 때다. 국가의 의무에 대한 새로운 패러다임을 구축하는 것이 바로 그것이다. 근로, 국방, 납세, 교육을 국민의 4대 의무라고 한다. 그런데, 근로를 하지 않고 그냥 살면 안 되는 것일까? 군대는 모든 남자들이 다 가야만 하나? 세금을 어떻게 평등하게 부과하고 사용할 것인가? 의무 교육이 꼭 필요한 것일까? 이런 고민들이야말로 사회를 변화시키고 발전시키는 소중한 질문이라고 할 수 있다.

사회의 발전은 제한적인 개념을 더 광범위하게 확대하고 포용하는 쪽에서 이루어진다. 공식적인 학교에 다녀야만 교육의 의무를 다했다고 생각했던 시대에서 대안학교에 가도 되고, 집에서 공부해도 그것으로 교육의 의무를 다한 것이라고 확대시켜 적용하는 것이 바로 교육 민주주의의 발전 방향인 것처럼 말이다.

군대 문제도 그렇다. 징집 제도는 시대와 상황에 따라 달라져 왔다. 조선 시대에는 군대에 나가야 하는 사람은 평민들뿐이었다. 사대부나 천민들은 군 복무 대상이 아니었다. 또 세금을 내고 군역을 대신할 수도 있었고, 심지어 버터를 만드는 사람은 직종의 특수성을 감안하여 군역을 면제시켜 주기도 했다. 그러니 조선 시대는 평민 개병제였던 셈이다.

다산 정약용의 「적성촌에서[奉旨廉察到積城村舍作]」에는 군역의 문제점을 짚은 구절을 나온다.

시냇가 뚝배기 같은 집 한 채

바람에 서까래만 앙상한데

눈 덮인 묵은 재로 부엌은 싸늘하고

체처럼 숭숭한 벽에 별빛만 그득해라

집안 살림살이 허전하기만 해

다 팔아도 몇 푼 건지지 못할 듯하네

개꼬리처럼 매달린 조 이삭 세 올

닭 창자처럼 놓인 마른 고추 한 묶음

헝겊으로 막아 놓은 깨진 항아리

새끼줄로 얼기설기 엮어 놓은 찌그러진 시렁대

얼마 전 이정이 놋수저 빼앗아가더니

엊그제 옆집 부자 쇠 냄비를 가져갔네

남은 것은 닳아 해진 무명 이불 한 채인데

부부유별 오륜이 그 집에 무슨 소용

어린 자식 입은 적삼은 어깨 팔뚝이 다 튀어나왔으니

태어난 뒤 바지 따위 입어본 적 있겠는가

큰아이는 다섯 살 때 기병으로 등록되었고

작은애는 세 살에 군적에 올랐다네

두 아들 세금으로 오백 푼을 내고 나니

그저 죽기만 바라는데 옷 따위가 필요하랴

아이들은 강아지 세 마리와 잠을 자고

울타리 밖에서는 밤마다 호랑이가 으르렁댄다네

남편은 나무하러 가고 아내는 방아 품 팔러 가니

대낮도 참담하게 대문은 닫혀 있네

하루 종일 굶다가 밤에야 밥을 짓고

여름에는 솜 누더기 겨울에는 삼베 옷

냉이나 캘까 해도 땅이 아직 녹지 않았고

이웃 술지게미 얻으려 해도 술이 아직 덜 익었네

지난봄에 꾸어 먹은 곡식 빚이 다섯 말이라

올 한 해는 살아갈 날이 아득하고 막막해라

그저 관가에서 들이닥칠까 겁날 뿐

끌려가 곤장 맞을 일은 걱정도 되지 않네

이런 집들이 온 세상에 천지인데

깊고 깊은 구중궁궐에서는 모두 살펴보지 못하리

한나라 때 직지사자는

이천 석 지방관도 마음대로 처단했지

어지럽고 못된 뿌리가 하도 많아 손을 못 대니

한나라 공수나 황패 같은 관리라도 어찌 하기 어려우리

아아, 송나라 정협이 그렸다는 유민도에 빗대
이런 시나 한 편 써 임금님에게나 바치리라

이 시는 다산이 암행어사가 되어 연천 지역을 순찰하고 지은 것이다. 농민들의 궁핍한 삶과 관리의 횡포를 눈으로 직접 목격하고 쓴 작품이다. '큰아이는 다섯 살 때 기병으로 등록되었고 / 작은애는 세 살에 군적에 올랐다네'라며 객관적이고 공정하게 시행되지 못하는 조세와 군역 제도의 현실을 적시한다. 그리고 군역을 면제받기 위해 세금으로 오백 푼을 냈다는 농민의 말을 통해 당시 병역 제도의 문제점을 드러내고 있다. 농민은 평민이니 군대에 가야 하지만, 적령기에 입대하는 것이 아니라 겨우 다섯 살, 세 살에 지금으로 치면 입영 통지서가 나온 셈이다. 그리고 그것의 면제를 위해 세금을 내야 하는 것이 당시의 현실이었다. 돈을 내고 군대에 빠지는 것이 당시의 합법적 제도라고 하더라도, 현실에서는 어린 아이에게까지 적용됨으로서 지방 관리의 축재 수단으로 악용되고 있는 것이다.

아무리 제도가 좋아도 악용하기로 마음먹으면 민중들은 고스란히 그 피해를 감당할 수밖에 없으며, 근본적으로 제도를 바꾸고 공정하게 적용되어야 하는 것이 중요함을 다산의 시를 통해 깨닫게 된다.

조선 시대 삼당시인 중 한 명인 손곡 이달蓀谷 李達은 군대 나간 아들을 둔 가족의 비극을 이렇게 노래한다.

> 할아버지 솥 지고 숲으로 가 버렸는데
> 할머니 손자 손잡은 채 허둥거리네
> 집 떠난 괴로움 하소연 하는 말
> '육 년 동안 아들이 군에 나가서
> 애비 자식도 이렇게 헤어졌다오.'

「아파라, 집 떠난 일[離家怨]」이라는 시다. 6년을 군대에 나간 아들 탓에 집안이 풍비박산 난 현실을 읊고 있다. 6년이라면 긴 세월이다. 그 시기 군 복무 기간이 6년이었는지, 특별한 상황이 발생해 군 복무가 길어졌는지는 알 수 없다. 다만 긴 세월 부모와 자식이 군대 문제 때문에 헤어진 것만은 틀림없다.

이 시의 6년보다 지금의 18~22개월 복무 기간은 아주 짧은 것이라고 위로를 삼을 수가 있을까? 6년이든 22개월이든 부모와 떨어져야 하고, 타의에 의해 자신이 그동안 지켜 왔던 삶의 공간에서 낯선 공간으로 이동해야 한다는 것은 다 고통이다.

유승준이라는 가수가 있다. 재외국민인 그가 군대에 가기로 철석같이 약속을 해 놓고 그만 미국 국적을 선택해 군 도피를 한 것에 대해 국민의 분노가 들끓었다. 오랜 세월 재판을 했고, 마침내 그는 대법원에서 비자 신청 취소가 잘못되었다는 판정을 받았다. 합법적으로 우리나라에 들어올 자격이 생긴 셈이다. 그러나 여전히 국민들의 분노는 끊이지 않고 있다. 나 역시 그의 그런 판단을 옹호할 생각은 눈곱만큼도 없다.

그러나 국민의 분노가, 우리는 다 갔다 왔는데 당신은 그런 꼼수로 빠졌으니 괘씸하다는 데 머물러서는 국가나 사회가 발전할 수 없다고 나는 생각한다. 상대적 박탈감이 분노가 된다면 그것은 변화의 기폭제는 될 수 있지만, 변화를 끝까지 추동할 수는 없다. 본질을 보고, 근본적 개혁을 해야만 변화하게 되는 것이다. 그냥 박탈감이라면, 기성세대가 젊은이들에게 "우리 때는 정말 힘들게 군 생활을 했으니 너희들이 있는 요즘 군대는 군대도 아니다"라는 말과 무엇이 다르겠는가? 그런 논리라면 우리가 맞으며 군 생활 했으니 너희도 맞아 가며 훈련을 받아야 하는 것이란 말인가?

군 복무의 기간이 문제가 아니라 얼마나 인간다운 대접을 받으며 복무할 수 있는가 하는 문제부터, 정당한 임금을 지불하고 군 복무를 하게 해야 하는 문제, 궁극적으로는 의무로서의 징병이 아니라 모병제를 지향하는 변화를 요구해야 진정한 변화가 이루어질 것이다.

조선 시대 우리나라는 평민만이 군역의 의무를 지고 있었다면, 유럽의 경우, 대부분의 나라들은 신분이 높은 사람들만 군대에 갈 수 있었다. 조선과는 정반대의 제도였고, 군의 엘리트 의식이 강조되던 사회였다고 할 수 있다. 그러다가 프랑스 대혁명을 통해 일반인으로 군대가 조직되고 공적을 쌓게 되면서 유럽의 여러 나라들이 의무적 징병제를 실시하게 되었다고 한다. 강제 징집제의 단초가 열린 것이고, 그 의식의 바탕에는 애국심이 자리 잡고 있었던 것이다.

그 이후 오랫동안 동서양 군대를 지탱하는 덕목은 이 애국심이었다. 나라를 사랑하고 지키기 위해 군대는 남자가 당연히 가야 할 곳이었고 의무였던 셈이다.

그런데, 21세기에 태어난 우리의 아이들에게도 애국심이라는 덕목만으로 청춘의 중요한 시기를 군에 묶어 두라는 국가의 명령이 효력을 발휘할 수 있을까?

군이 외적으로부터 제 나라를 지키는 가장 소중한 조직임을 부정할 사람은 아무도 없다. 그런데 시대 의식과 세계관이 획기적으로 달라지고, 민족의식이 약화되어 가고 있는 21세기에서 단순한 애국심만으로 군대라는 조직을 운영하기에는 무리가 따를 수밖에 없다.

군 전력의 극대화도 병사의 자발성과 창의성 없이는 허울이 되기 십상이다. 이쯤에서 국방의 의무라는 제도로 묶어 둔 국민 개병제皆兵制를 모병제로 전환하는 문제를 고민해 볼 때가 된 것은 아닐까? 원하는 인원이 자발적으로 군에 가고, 그 보답이 주어진다면, 관리가 힘든 병사들의 뒷바라지에 전력을 쏟아야 하는 현실의 문제가 극복될 수도 있고, 더 강력한 군대, 직업 정신이 발휘되는 강군이 될 수도 있을 것이다.

학교가 학생의 개성과 창의성을 뒷받침해 줄 때 더 좋은 교육적 성과를 이루어 내는 것과 같은 이치다.

늦둥이에게 쓴 편지

신병 훈련소에 간 막내는 예상대로 그리 잘 적응을 하는 것 같지는 않았다. 집으로 보낸 편지나, 앱을 통해 들은 이야기는 몸도 아프고 정신도 힘든 듯 보였다. 그저 유일한 기쁨은 엄마 아빠의 편지를 받는 것이라고 해서, 제 엄마와 나는 번갈아 날마다 편지를 쓰는 것으로 녀석의 곁에 있는 듯한 모습을 보여 줄 수밖에 없었다.

여행에 대하여

그해 여름을 너도 기억할 거야. 네가 초등학생이었을 때였지. 40도가 넘는 열기를 내뿜던 아득한 길, 타클라마칸 사막 여행길 말이다.

여행 내내 너는 고되고 힘든 일정도 재미있어 했고, 새로운 발견에 신나 했지. 사막의 용사라는 호양수 그늘과 타림하의 거센 물줄기, 고선지의 발길이 남아 있는 쿠처와 사막여우 가죽으로 만든 모자를 샀던 카슈카르, 해발 3,000미터가 넘는 카라쿨 호수도 너는 거뜬히 견뎌 냈다.

그런데 빡빡한 여행 일정에 지쳤는지, 둔황의 막고굴에 이르렀을 때는 너는 더위를 먹어 겨우 혜초의 굴만 보고 돌아서고 말았었지. 나는 역사를 좋아하는 네가 막고굴, 우리 신라 사람들의 흔적이 어려 있는 그 문화 유적을 다 보지 못한 것을 두고두고 아쉬워했단다.

그런데, 다시 생각해 보면 다 보지 못하는 것 때문에 여행이 오히려 더 가치 있는 것인지도 모르겠구나. 다 보지 못했기 때문에 이미 갔던 그곳에 대한 그리움이 더 깊어지고, 다 보지 못했기에 이미 갔던 곳에 대한 공부도 더 하기 때문이다.

어차피 세상의 모든 곳을 다 볼 수 있는 사람은 없는 법이지. 자기가 본 것에 대해 더 감동하고, 못 본 것에 대해서는 아쉬워하고 그리워하는 것, 그래서 여행이 의미 있고 가치 있는 것이겠지.

그 후 너는 나와 함께 많은 길을 다녔다. 몽골 2,000킬로 스텝 로를 열흘 넘게 달렸고, 윈난[雲南] 차마고도의 호도협을 걷기도 했지. 일본 곳곳도 너와 함께 다녔기 때문에 내게는 더 의미 있고 재미있었단다.

역사를 전공하는 너는 문학을 하는 내게 훌륭한 조력자였고 안내자였다. 네가 그 지역의 온갖 역사 이야기를 들려주면, 내게는 수많은 문학적 상상력이 꼬리를 물고 일어나곤 했지. 역사와 문학은 떼려야 뗄 수 없는 밀접한 관계에 있으니까.

그저 호기심과 지적 욕구 충족을 위해 여행하는 사람이 대부분이지. 그런 여행은 자기만족을 이룰 수는 있지만, 여행을 통해 자신을 변화시키지는 못한단다.

진정한 여행은 여행하는 곳의 환경과 문화, 그곳에 사는 사람들의 삶과 공감할 수 있어야 의미 있는 것이란다. 그 공감이 자신을 변화시키고, 여행을 삶의 긍정적 에너지로 만들어 내는 법이지.

내가 너를 데리고 수많은 곳을 떠돈 것은 어쩌면 아직 삶의 방향과 좌표가 정해지지 않은 네게 그런 바탕을 만들어 주고 싶었던 것인지도 모르지. 삶이란 행위 자체가 바로 여행이니까. 그리고 우리는 지금 이 초록별 지구를 여행하고 있는 중이며, 그 여행길에서 너와 나는 아버지와 아들이라는 여행 동반자로 만난 것이니까.

여행길에서 만난 모든 존재, 그것이 사람만이 아니라 나무나 풀, 돌멩이나 바람 같은 것들이라도 모두 소중한 것이란다. 그만큼 너도 엄마 아빠에게는 소중한 존재지.

중국의 시인 이백은 이런 말을 했다.

"夫天地者 萬物之逆旅, 光陰者 百代之過客"

"무릇 천지는 세상 모든 존재가 묵어가는 여관 같은 곳이고, 시간은 그 공간 속을 지나가는 나그네 같은 것이다."

너는 지금 지구별 여행 중 잠시 다른 갈래 길인 군대로 또 다른 여행 중이라고 할 수 있지. 그 짧은 여행이 끝나는 길에서 우리는 다시 만날 거야. 다시 만나서 또 함께 더 많은 곳, 또 다른 곳으로 여행을 하자꾸나. 그 날을 엄마 아빠는 기다리고 있단다.

더위에 건강 조심하고, 늘 자신을 가다듬고 올곧게 지켜 가는 너의 짧은 여행길이 기쁨으로 충만하기를 기대한다.

2019년 지구 여행 중인 아빠가

나의 이런 편지를 받고 녀석이 마음의 여유를 찾았으면 하는 바람이었지만, 막상 몸으로 어울리지 않는 시간을 견뎌 내야 하는 아이에게 얼마나 위안이 될 수 있을까?

군 복무를 의무로 삼는 나라에서, 분단이라는 현실과 맞닥뜨려야 하는 청년의 아픔은 어쩌면 통일이 되어야 해결될지도 모르겠다. 통일이 된다면 의무병 제도를 모병제로 전환하는 데 큰 어려움이 없을 것이니까. 그래서 한반도의 평화 체제 정착이 다른 무엇보다도 청년들의 삶과 직접 연결되어 있는 것이리라. 지금 현재는 전쟁이 끝난 것이 아니고 휴전인 상태다. 전쟁이 잠시 멈춘 시간, 그러니 늘 다시 전쟁이 일어날 때에 대비해야 하고, 그 대비는 군사력 강화로 이어질 수밖에 없다. 그런 대결의 조건이 해소되지 않는 한, 청년들은 자신의 성향과 관계없이 의무적으로 군대라는 조직 속에서 시간을 흘려보내야 할 수밖에 없다.

박봉우 시인은 시(「휴전선」 원문은 『황지荒地의 풀잎』 창작과 비평사, 1976 참조)에서 휴전의 시간은 '산과 산이 마주 향하고 믿음이 없이' 서 있는 어둠의 때라고 했다. 그 시간에는 '천둥 같은 화산'이 폭발할 때가 예비되어 있기도 하다. 그런 때이기에 피어난 꽃도 마냥 아름답지는 못하다고, 나무조차도 안심하고 서 있지 못할 불안한 현실이 휴전이고 분단의 지속 상태라고 했다. 그 분단과 휴전의 현재를 극복하는 것이야말로 진정한 평화, 상생과 발전의 길이다.

평화로 가는 시간

　늦둥이 녀석은 군에 가기 전까지 줄곧 학교라는 공간이 주요 활동 터전이었다. 학교에서도 잘 적응하지는 못했지만, 그러나 특별히 문제가 있는 것도 아니었다. 과외도 학원도 싫다고 해서 보내지 않았지만, 공부도 그만하면 제법 했고, 교우 관계도 제가 관심 있는 분야에 공감하는 친구들과는 더없이 친하게 잘 지냈다. 물론 제가 싫어하는 일은 죽어라 하기 싫어했고, 하고 싶지 않은 일은 아무리 타일러도 꼼짝도 않는 고집쟁이긴 했다.

　따지고 보면 그런 성격으로 학교에 그럭저럭 다닌 것은, 그동안 학교가 많이 달라졌기 때문이리라. 내가 중·고등학교에 다닐 때 같으면, 그런 고집만 부리다가는 매일 맞고 오기 십상이었으리라. 그러나 획일과 성적이라는 기존의 학교 틀이 개성과 다양성이라는 새로운 틀로 바뀌었기에 견뎌 낼 수 있었을 것이다.

　학교를 벗어나 처음으로 간 또 다른 사회가 녀석에게는 군대다.

그런데 군대는 학교와 같으면서도 많이 다른 곳이니, 적응이 힘든 것도 어쩌면 당연한 일이리라.

학교나 군대는 모두 국민의 의무와 관련 있다는 공통점이 있다. 집단생활을 한다는 점도 비슷하고, 절대적인 힘과 권위가 존재한다는 것도 비슷하다. 모두 젊은 사람들이 피교육자라는 것도 공통점이다. 개인의 개성보다는 집단의 규율을 더 강조한다는 점도 같다. 한시적으로 젊은이들이 속해 있어야 한다는 점도 같다. 군대는 복무 기간 동안, 학교는 졸업 전까지 대부분이 소속되어 있어야 한다. 그리고 그 기간이 끝나면 모두 잊어버리고 기억으로만 남는다는 것도 같다.

이 한시적으로 소속되어 있다 끝난다는 점에서 두 조직은 자발적 개혁과 변화가 느리고 힘든 조직이기도 하다. 상시적으로 맞닥뜨리는 곳이 아니기에 지나고 나면 내 일이 아니라고 생각하게 되기 십상이기 때문이다.

그러나 모든 변화는 느리지만 결국 일어나고 마는 것이 세상의 이치다. 나는 학교가 오랜 세월을 거치며 조금씩 조금씩 바뀌어 지금은 학습자의 개성과 자유를 제법 존중해 주는 곳으로 변화해 왔듯이, 군대도 결국 그런 변화를 겪을 수밖에 없다는 것을 믿는다. 아니 이미 그런 변화가 시작되고 있다고 믿는다. 병사를 제 1의 자

원으로 생각하고, 훈련과 아울러 병사들의 개성을 고민하는 모습이
보이기 때문이다.

나는 첫아이를 낳았을 때, 이 아이가 자라 입대할 나이쯤 되면 통
일이 되어 있을 것이라고, 통일까지는 아니라도 남북한이 평화로운
사이 정도는 되어 있을 것이라고 예상했다. 그렇게 되면 군대도 모
병제가 되리라는 꿈을 꾸었다.

그러나 세상의 변화는 내 뜻대로 빠르게 일어나지는 않았다. 그
저 조금 나아졌을 뿐, 아직도 평화로 가는 길은 멀고 큰아이는 제대
를 하고도 10년이 더 지났고, 늦둥이 둘째가 군에 가게 되었다. 그
래도 나는 아직도 믿고 있다. 세상은 마치 꽃이 피는 것처럼, 열매
가 익는 것처럼, 그 순간순간에는 보이지 않지만 날마다 조금씩 변
하고 발전하여 결국은 아름다운 세상을 만들어 내리라는 것을. 그
런 꿈조차 꾸지 않는다면, 우리가 사는 이 세상이 아름다워지지 못
한다는 것을.

집 앞 뜰의 산사나무 열매가 유난히 붉은 아침이다. 가을이 깊자
나무들은 잎이 져 성글어지고, 열매가 더 도드라져 보인다. 봄, 잎
돋던 것이 엊그제 같은데 벌써 열매의 시간이다. 학교도, 군대도, 우
리가 사는 세상의 평화도 저 산사나무 잎 피고 열매 맺는 것처럼 보
이지 않는 시간 속에 이루어진 느리고 꾸준한 발자취일 것이다.

강이 되어 흐르다

명사를 잊어버리다

나이가 들면 새로운 명사가 외워지지 않는 법이다. 특히 규칙적으로 출근하던 학교를 퇴직하고 나니 더 그렇다. 새 학기 새로 만나는 아이들 이름을 외울 필요도 없고, 전근 온 선생님이나 행정실 사람들 성함을 기억할 일도 없다. 특히 시골구석에 갇혀 살다 보니, 지금까지 내가 알고 있던 명사들만으로 사는 데 조금도 불편함이 없기에, 새로운 명사를 기억하는 뇌의 기억 중추가 퇴보하는 것도 당연한 일인지 모른다.

이제 내게 친숙한 명사들은 새로운 것이 아니라 익숙한 것들이다. 내 집 마당에 심어 놓은 불두화나 황매, 백매, 팥배나무, 애강나무, 산사나무, 마가목, 산수유 같은 나무 이름만 잊지 않으면 될 뿐이다. 봄이면 앞다투어 돋아나는 튤립, 상사화, 깽깽이풀 따위를 바라보며 그들의 이름을 불러 주는 일로 명사를 기억할 수 있으면 부족함이 없다.

사람이 기억하는 말 중에서 명사가 가장 먼저 잊혀진다고 한다. 그러니 새로운 명사를 기억하는 것은 불가능에 가깝다고 할 수 있다. 그래서 나이 들면 새로운 언어를 공부하는 일이 힘들다고 하는지도 모른다.

그런데 퇴직을 하고 산골에 묻혀 살아도 어쩔 수 없이 새로 익혀야 하는 명사들이 있기는 하다. 그것도 그 명사들이 외국어라서 외우느라 골머리가 아플 정도다. 아무리 외워도 돌아서면 잊어버리고 만다. 그것은 바로 이웃에 사는, 외국에서 시집온 새댁들 이름이다.

우리 마을에는 베트남에서 시집온 새댁들이 여럿 있다. 농사철이면 모두들 베트남 모자인 '농라'를 쓰고 밭에 나오곤 하는데, 마주치면 이름이라도 다정하게 불러 주고, 인사말이라도 건네고 싶었다. 그러나 '미쩌우'니 '투하'니 하는 이름은 좀체 외워지지 않았다. 집에서도 늘 누구 엄마로 불리는 그들의 본래 이름을 불러 주면 얼마나 좋을까 하는 내 생각은 그저 생각일 뿐, 고유 명사인 그들의 이름은 내게는 외워지지 않는 하나의 벽이었다.

밭이나 길에서 마주친 그들은 내게 "안녕하세요" 하고 기어들어가는 목소리로 인사를 하며 고개만 까딱이곤 했다. 낯선 나라에 발딛고 사는 두려움, 혹은 주눅 들림이 그렇게 낮고 간단한 인사만 하게 만든 것이리라.

고향 마을로 귀촌한 내게 그들은, 따져 보면 후배의 부인이고, 친구의 며느리다. 그래서 좀 더 가까이 다가서기 위해 베트남 인사를 외웠다.

"신짜오.Xin chao"

내가 그렇게 인사를 하자 깜짝 놀라 눈이 커졌다가 반가워하는 기색이 역력했다.

그런데 문제는 그 다음부터였다. '만나서 반가워요'라는 문장부터는 아무리 외워도 돌아서면 까먹고 만다. 헤어질 때 손을 흔들며 '바이바이'보다는 '다음에 또 만나요'를 말해 주고 싶은데, 아무리 '젓부이드어캅'이나 '땀비엣 헹갑라이'를 외워도 막상 만나면 머릿속이 새까매지고 그 말이 전혀 입 밖으로 나오지 않았다. 아니 입 밖으로 나오지 않는 것이 아니라 첫 글자조차 머릿속에 남아 있지 않았다.

어쩌다 퍼뜩 기억이 나 입 밖으로 내뱉어도 그들이 알아듣는 것 같지는 않았다. 알고 보니 6성이나 되는 성조를 내가 맞게 발음하지 못해서 생긴 일이었다.

결국 베트남어로 간단한 대화를 나누겠다는 내 꿈은 허망한 것으로 끝나고 말았다.

람풍을 만나다

람풍Lam Phuong을 처음 만난 것은 어느 봄날이었다. 두릅을 심어 놓은 산발치의 밭에 일찍 돋아나는 복분자 가시덩굴을 걷어 주러 가는 길이었다. 청바지를 입은 키가 늘씬한 아가씨가 길가 도랑으로 씩씩하게 내려가고 있었다. 동네에서 처음 보는 얼굴이었다.

그러다 나와 아내를 보고 맑은 소리로 인사를 건넸다.

"안녕하세요?"

얼결에 우리도 인사를 받으며 말을 건네게 되었다.

"네, 안녕하세요. 그런데 누구시죠?"

"저는 장정현 씨 부인이에요."

그런 말을 건네기 전까지도 나는 당연히 그가 한국 사람이고 아가씨인줄로만 알았다. 후배 부인이라는 생각은 손톱만큼도 하지 못할 만큼 젊고 눈부신 얼굴이었다. 한국말도 유창하기 그지없었다. 상처하고 베트남에서 새로 아내를 맞았다는 소문을 듣긴 했지만, 이토록 밝고 젊은 사람이리라고는 상상하지 못했기 때문이다.

"그럼 베트남에서 왔다는 새댁이요?"

아내도 놀랐는지 토끼눈을 뜨고 물었다.

"네, 맞아요."

"우린 보리소골 제일 끝 집에 살아요. 놀러 오세요."

아내의 말에 베트남 댁은 환하게 웃으며 고개를 끄덕였다.

그런 만남이 있고 나서도 1년이 지났다. 그 무렵은 내가 여기저기 강의에 많이 불려 다닐 때였고, 아내도 다른 일로 바빠 우리는 다시 만나지 못했다.

이듬해 가을이었다. 아랫마을 사는 사촌 동생이 람풍을 데리고 우리 집으로 올라왔다.

"형님, 람풍이 밤을 좋아한대서 주워 가려고 왔어요."

동생 뒤에서 전에 봤던 그 새댁이 환하게 웃으며 인사를 했다.

"안녕하세요."

여전히 목소리가 맑고 환했다. 그제야 우리는 그의 이름이 람풍이라는 것을 알게 되었다. 그는 상처한 남편의 아이 둘과 새로 낳은 딸을 기르며 여전히 씩씩하게 이 땅에 뿌리내리고 있었다.

그해따라 유난히 밤이 풍년이었다. 아무리 주워도 하룻밤이 지나면 땅이 벌겋도록 떨어졌다.

람풍은 첫 방문 이후 몇 번 밤을 줍기 위해 내가 사는 골짜기로 찾아왔다. 하루는 가을비가 추적추적 내리는 날 차를 몰고 올라왔다.

"비가 내리는데 어떻게 밤을 주워요?"

내 말에 람풍은 씨익 웃었다.

"괜찮아요. 비 안 오면 바빠서 못 와요. 벼도 베야 하고, 고추도 따 말려야 해서요."

"밤을 무척 좋아하나 봐요?"

옆에 있던 아내가 묻자, 추수가 끝나면 친정 가는 길에 밤을 가져가려고 많이 줍는단다. 베트남에는 밤이 없는데, 몇 해 전 한국에 왔던 친정 부모가 밤을 아주 좋아했다고, 우리 집 밤이 먹어 보니 정말 맛있어서 많이 주워 가겠다며 미안한 표정을 지었다.

"아무 걱정 말고 많이 주워 가요. 우리야 먹을 만큼 충분하니까요."

그 후 람풍은 베트남에 다녀왔다며 커피와 캐슈넛을 들고 찾아왔다. 밤과 캐슈넛을 바꾼 셈이었다.

그렇게 겨울이 지나고 봄이 되었다. 이제 우리와 부쩍 가까워진 람풍은 수시로 우리 집에 찾아왔다. 자주 베트남 음식을 해 들고 왔고, 아예 재료를 우리 집에 가져와 함께 만들기도 했다. 그냥 오라고 하면 환하게 웃으며 이렇게 말하곤 했다.

"아녜요. 아줌마 아저씨가 베트남 음식을 좋아해 줘서 제가 고마워요. 다른 사람들은 고수 넣은 베트남 음식 싫어하고, 느억맘도 냄새난다고 코를 막아요. 그래서 혼자 먹으려고 만들지는 않거든요. 저는 아저씨 아줌마하고 같이 먹을 수 있어서 너무 좋아요."

집에서 기른 베트남 모종을 종류별로 가져와 심으라고 주기도 했다. 그래서 작년 우리 텃밭의 절반은 베트남 채소들로 가득했다. 고수, 오크라, 베트남 박, 베트남 여주, 러우멍공심채 같은 것들은 먹고도 남을 만큼 잘 자랐다.

우리와 많이 친해지고 나자 람풍은 비로소 자신이 살아온 이야기를 조금씩 털어놓기 시작했다.

그의 고향은 베트남 남단, 메콩 삼각주라고 했다. 지리 시간에 배운 동남아 최대 곡창 지대인 메콩 델타, 바로 그곳이었다. 우리야 그저 메콩의 물이 상류에서 비옥한 토양을 안고 흘러와 만들어 놓은 풍요로운 땅이니, 그곳에 사는 사람들도 비교적 풍족하게 살 것이라는 추측만 하고 있던 땅이 실은 베트남에서 가장 가난한 곳이라는 것도 람풍을 통해 알게 되었다.

신산한 삶의 구비를 건너

람풍이 한국으로 시집을 온 것은 스무 살 되던 해였단다. 람풍이 태어난 곳은 내가 평생 들어보지도 못한 땅 이름인 롱지라는 곳이었다. 우리나라 행정구역으로는 리里쯤에 해당되는 곳이란다.

"롱지는 롱미에 속해 있고요, 롱미는 허우양에 속해 있어요."

그게 무슨 설명인지 몰라 갸웃하는 내 모습을 보고 람풍은 쉽게 설명을 해 주었다.

내가 귀촌해 사는 곳은 강원도 횡성군 안흥면 상안리다.

"허우양은 춘천이고요, 롱미는 횡성, 롱지는 안흥이에요. 우리 집은 롱지의 상안리쯤이고요."

그렇게 설명을 하니 내 머릿속에 람풍의 고향 지명이 분명하게 그려졌다. 그 설명을 들으면서, '아! 람풍은 정말 똑똑하고 현명한 사람이구나' 하는 생각이 들 정도였다.

캄보디아와의 전쟁 통에 다리를 다치고 장애인이 된 아버지와 어머니 사이에 8남매의 다섯째로 태어난 람풍의 집안은 늘 가난했단다. 겨우겨우 초등학교를 마치고 중학교에 진학을 하긴 했지만, 오빠와 남동생을 위해 결국 중학교 2학년 무렵 공부를 접을 수밖에 없었단다.

"학교를 그만둘 때, 담임 선생님이 얼마나 우셨는지 몰라요. 저도 울고요. 꼭 고등학교에 가야 한다고 나를 붙들고⋯."

그런 말을 하며 람풍은 아련한 그리움에 젖어 있었다.

오래 교직에 있다 퇴직한 처지이고, 가난 때문에 힘겨워하던 아이들을 많이 보아 왔던 나인지라 람풍의 이야기를 들으며 더 마음이 아파 왔다.

우리 마을 사람들의 이름뿐만 아니라 차 번호까지 외우고, 한국 요리도 한 번 들으면 거뜬히 만들어 내는 람풍을 알기에 나는 웃으며 물었다.

"공부 잘했지요? 그래서 담임이 그만두지 말라고 더 말린 거겠지요?"

내 말에 람풍은 부끄럽다는 듯 얼굴을 붉혔다.

"1등은 못 해 봤어요. 2, 3등은 계속 했지만."

학교를 그만둔 후 그는 세상의 온갖 우여와 곡절을 겪으며 어린 시절을 보내야 했다. 농사일을 거들기도 했고, 아버지와 배를 타고 고기를 잡기도 했다. 마지막에는 호치민 이남의 최대 도시인 껀터의 음식점에서 일을 했다. 10대의 어린 나이에 그가 겪어 왔을 신산한 삶의 흔적이 그의 말투에 고스란히 배어 있었다.

스무 살이 되던 해, 람풍은 국제결혼을 하기 위해 결혼 정보 회사에 신청을 했다. 국제결혼을 신청하면 조금 주는 돈으로 부모님의 빚을 갚을 수 있기 때문이었다.

주로 대만 사람이 맞선 상대자였는데, 상대 남자들은 처음에는 다 좋다고 하다가 마지막에 꼭 발을 빼곤 했다. 람풍의 손금을 보고 난 뒤에 그들은 손금이 남편을 죽게 만들 상이라고 했단다. 나중에 한국으로 시집와 보니, 한국에서는 생명선이라고 해서 길게 이어져 좋다고 하는 것을 대만에서는 불길하다고 여긴다는 것이었다.

그러다가 만난 남자가 지금의 신랑이었다. 일찍 상처하고 아들 둘을 보살피던 남자를 만나게 된 것은 운명임이 분명했다.

그날, 지금의 남편을 만나기 위해 맞선 장소인 호텔로 결혼 정보 회사 사람들과 택시를 타고 갔을 때였다. 택시 문을 열자마자 주변에 경찰이 있다며 빨리 뛰라고 하는 바람에 람풍은 그만 구두 한 짝이 벗겨져 버리고 말았다.

"한 짝만 신고 절뚝거릴 수가 없어서 나머지 한 짝도 벗어 내던지고 호텔로 들어갔어요."

아무 일도 아니었다는 듯, 람품은 환하게 웃으며 그날 일을 떠올렸다.

호텔 방으로 들어서자 선하게 생긴 몸집이 좋은 남자가 기다리고 있었다. 그는 람풍을 훑어보다 맨발이 눈에 들어왔는지, 결혼 정보 회사 직원에게 뭐라고 소리를 질렀다.

"나중에 알고 보니 애를 맨발로 데리고 오는 게 어디 있느냐고 야단을 치는 거였대요."

당장 나가서 신발 사다 주라며 돈을 꺼내 결혼 정보 회사 직원에게 내밀던 지금의 남편과의 만남이 어쩌면 람풍에게는 운명 같은 순간이었는지도 모른다.

그날, 람풍은 세 켤레의 신발을 샀다고 했다. 그리고 그 남자를 따라 한국으로 들어왔다. 스무 살, 아직 어린 소녀였던 람풍은 그렇게 물설고 낯선 '한꿕'의 시골 마을에 또 다른 뿌리를 내렸다.

"왜 국제결혼 할 생각을 했어요?"

내가 묻자 람풍은 한동안 말없이 눈가에 눈물을 그렁그렁 맺더니 낮은 소리로 말했다.

"가난해서지요."

또 다른 인연의 시작

작년 유월, 람풍의 언니와 형부가 외국인 계절노동자로 우리 마을에 왔다. 다문화 가정인 친척 집에 두 명씩 석 달간 일을 돕는다는 조건으로 내주는 비자를 받아 온 것이다.

어느 하루, 람풍네 식구들과 형부 가족을 불러 우리 집에서 저녁을 먹었다. 바람 살살 불고 앞산 그늘 짙은 여름 하루였다.

술을 한 잔 하고 난 자리에서 나는 람풍을 통역 삼아 형부와 이야기를 나누었다,

1년에 남의 논을 빌려 이모작 농사를 지으면 순수익이 우리 돈으로 12만 원 정도란다. 큰딸은 대학생이고 작은딸은 늦둥이로 한 살인데, 농사로 얻는 수입으로는 큰아이 학비도 대지 못할 정도라 늘 빚에 허덕인다고 했다.

그래도 큰아이가 대학생이라고 할 때는 얼굴에 자랑스러움이 묻어났다.

"큰조카 이름이 아이야인데, 껀터 의대에 다녀요."

람풍도 자랑스러운 듯, 설명을 덧붙였다.

먹고 살기 힘든 시골 마을에서, 전국에서 몇 손가락에 꼽히는 의대에 들어간 것만도 대단한데, 겨우 1년에 12만 원 수입으로 대학까지 보낸다는 것도 놀라운 일이다.

베트남도 우리와 비슷해서 의대는 일반 대학보다 등록금이 훨씬 비싸단다. 마을 사람들 모두, 결국은 학교를 그만두게 될 거라고 말한다지만, 그래도 힘닿는 데까지는 밀어주어야 하지 않겠느냐며 사

람 좋은 웃음을 웃던 람풍 형부였다.

한 학기 등록금이 약 80만 원 정도란다. 입학금은 보트 피플로 스위스에 정착한 먼 친척이 내주었고, 그 다음 학기는 람풍을 비롯한 친척들이 십시일반으로 모아 주었지만, 이제는 자기 손으로 벌어 등록금을 마련해야 할 것 같아 처제인 람풍에게 부탁해 계절제 노동을 왔다는, 구구절절한 사정을 털어놓으면서도 람풍 형부는 맑고 밝았다.

람풍네 가족을 보내고 난 골짜기는 한여름인데도 서늘했다. 나는 여름이면 더 깊어지는 앞산 숲을 바라보며 그날, 하나의 계획을 세웠다.

한 사람이 한 달에 오천 원씩만 모으면 등록금을 마련할 수 있을 것이고, 그러자면 서른 명쯤만 되면 충분할 것 같았다. 그렇게 그날 밤의 내 계획이 뿌리가 되어 'Ry와 함께'라는 장학 모임이 만들어졌다. Ry는 의대생인 큰딸의 이름인 '리 아이야'에서 따온 명칭이다.

마침 칠월 말 내 시집이 나온 것을 기념하는 시 콘서트를 열게 되었는데, 그 자리에서 이런 계획을 밝히고 사람들을 모아 꾸려진 모임이었다.

계절노동을 마치고 돌아가는 람풍의 형부에게 나는 이렇게 모임을 만들게 되었고, 앞으로 큰딸이 졸업할 때까지 등록금을 대 주겠다고 하자, 형부는 반신반의하면서도 고마워 어쩔 줄 몰라 했다.

우리 모임 결성에 누구보다도 기뻐한 사람은 람풍이었다. 낯선 땅에 시집와 오랜 세월 발붙이기 위해 애써 온 그의 삶이 비로소 여러 사람들의 이해와 인정을 받게 되는 느낌인 듯했다.

람풍은 정말 우리 마을 누구나 인정할 만큼 부지런하고 야무지게 살았다. 나이 차이 별로 나지 않는 전처의 아이들을 친자식처럼 길렀고, 막내로 낳은 딸을 기르는 데도 소홀함이 없었다. 아침부터 밤 늦도록 소를 키우고 브로콜리와 고추, 벼농사를 지으며 남자도 감당하지 못할 힘든 일을 마다 않고 해 왔다. 그러면서도 마을 사람들에게 늘 밝고 상냥한 인사를 하곤 했다.

우리 집에 자주 베트남 음식을 해 오곤 했는데, 이야기 끝에는 늘 그리운 고향 허우양성 롱미의 풍경과 이야기를 전해 주곤 했다.

껀터로 떠나다

지난 일월, 모임 선생님들과 함께 첫 장학금을 줄 겸 껀터 지역 여행을 가게 되었다. 이왕 장학금을 주는 김에 아이야도 만나고 람풍의 고향 집도 방문해 보자고 의견이 모아져서였다.

람풍의 고향 롱지는 참으로 먼 땅이었다. 호치민에 도착해서 껀터까지 다섯 시간, 껀터에서 롱미로, 롱미에서는 또 나룻배를 타고 30분 남짓 걸려야 도착할 수 있는 곳이었다. 멀고 험한 길이었지만, 그 길은 세상에서 가장 아름다웠다. 마음을 모은 사람들이 함께 해서 그렇고, 메콩 하류의 아름다운 풍경이 고스란히 보존되어 있는 곳이기도 해서 더 그랬다. 특히 롱미에서 롱지로 가는 뱃길은 세상에서 달려 본 가장 아름다운 물길이었다.

작은 강을 따라 물야자와 고무나무들이 늘어서 있고, 강 위에는 부레옥잠이 빼곡하게 자라고 있었다. 작은 배는 부레옥잠을 헤치고 마치 그림 속으로 들어가듯 흘러갔다. 한 구비 돌면 같지만 또 다른 풍경이 펼쳐지고, 또 한 구비 돌면 집들이 오순도순 늘어서 있다. 어떤 곳에서는 배다리를 열고 지나가야 했고, 아이들은 지나가는 우리 배를 향해 환하게 웃어 주었다.

지금도 돌이켜 보면 아련하고 아득한 길이었다. 그 길 끝에 람풍의 부모와 형제들이 살고 있는 마을이 자리 잡고 있었다. 마침 설 가까운 때라 강가의 집집마다 국화와 금잔화들이 꽃 잔치를 열고 있었다. 말 그대로 평화가 거기 깃들어 있었다.

반갑게 맞아 주는 람풍네 부모, 형제들과 손짓 발짓으로 이야기를 나누고, 장학금 전달식을 가졌다.

람풍은 신이 나서 통역을 하고, 음식을 차리느라 몸이 열 개라도 모자랄 지경이었지만, 한국에서 보았던 어느 때보다도 신이 나 있었다.

잠시 틈을 내 람풍이 다니다 만 중학교를 찾아갔을 때였다. 교문을 들어서면서부터 람풍의 눈은 먼 시간 속으로 돌아가고 있었다. 학교의 아이들은 어디나 다 똑같아, 우리를 보고 환호성을 지르며 달려오기도 했고, 부끄러워 숨는 아이도 있었다.

람풍이 마지막 다니던 교실에 이르렀을 때였다.

"이 교실에서 제 학교는 끝났어요."

그 말을 하다 람풍은 몸을 돌리고 말았다. 한동안 돌아선 채 람풍은 교정 너머 흘러가는 구름을 바라보고 있었다. 나도 애꿎은 야자나무만 바라보았다. 이윽고 서로 마주보았을 때, 람풍의 눈에도 내 눈가에도 눈물이 그렁그렁 맺혀 있었다. 삶에서 마지막이라는 순간을 기억하는 것은 얼마나 아득하고 애틋한 것일까? 그날 나는 이런 시 한 편을 썼다.

롱지 중학교 2학년 3반 교실 문 앞에서
람풍이 고개를 돌린다

졸업조차 하지 못한 그 학교

선생님과 부둥켜안고 울다

책 보따리 챙겨 나오던 그날이 떠올라서였을까?

스무 살, 물 설고 낯선 '한꿔'로 시집온

람풍의 기억 속 그 학교는

영원히 그리운 나라

십육 년 만에 찾아가서도 여전히

아련하게 살아오는 그 날

교실 명패를 바라보는 람풍의 눈은 젖어 있다

아이들 재잘거리며 매점으로 달려가는

롱지 중학교 확작한 복도 어디쯤

람풍은 지금도 서 있는 것일까?

살아가는 일이란 늘 자욱한 먼지

송까이런* 위를 떠다니는

부레옥잠 같은 것

*송까이런 : 베트남 남부 메콩의 지류인 강 이름. 송은 강물의 베트남 말

휘청, 계단을 내려오던 그의 시선 끝

야자나무 잎을 흔들며

그날이 스쳐 흐른다

- 졸시 「롱지 중학교」

그렇게 꿈같은 시간이 지나고, 우리는 다시 오랜 시간을 흘러 귀국을 했다. 몸은 귀국을 했지만, 모두의 마음에는 베트남의 시간들이 남아 있는 것 같았다.

"이젠 공부만 열심히 하면 되겠네요."

장학금을 전달받은 아이야가 이모인 람풍에게 그런 말을 했단다. 어린 아이가 얼마나 학비 때문에 마음을 졸였으면, 비로소 숨 한 번 내쉬고 그런 말을 하게 된 것일까 하는 생각에 마음이 짠해 왔다. 한국에서 동네 모든 사람들 이름과 자동차 번호를 외우고 있는 람풍의 삶과 비슷한 느낌이 들어서 더 그랬다. 낯설고 물선 땅에서 자신을 잃지 않고 지켜 내려면 사소한 하나하나까지도 다 기억하고 마음 써야 했을 것이다.

사람의 인연은 참으로 종잡을 수 없고 오묘한 것이다. 메콩 하류, 이름도 들어보지 못했던 롱미, 롱지에서 태어난 람풍이 한국에 시집오게 된 것만도 범상치 않은 인연일 것이다. 그리고 우리와 만나 이렇게 소중한 이승의 한때를 나눌 수 있다는 것도 또 얼마나 소중한 인연인가?

따지고 보면 람풍은 우리 큰아이와 동갑이다. 아직 젊은 나이인데, 그가 겪어 온 세상살이의 간난과 신고는 우리 아버지 대에나 겪었을 세상살이보다도 더 굴곡지다. 그런 굴곡을 이겨 내고 오늘도 밝게 살 수 있는 것은 어쩌면 그가 메콩에서 태어나서가 아닐까 하는 생각이 든다.

메콩, 강의 어머니라는 이름의 그 남쪽 지류, 바다로 가기 직전의 물가에서 람풍은 자랐다.

"메콩 물이 범람하는 때가 있어요. 그러면 물이 논과 밭에 가득해요. 어느 해인가, 유난히 물이 많이 넘쳤어요. 쪽배를 타고 아빠와 논에 갔어요. 한밤중이었지요. 바람은 없고. 달이 떠올라 물살이 파랗게 일렁거렸어요. 아빠는 논에서 낚시를 하고, 저는 달빛에 비춰 책을 읽었어요. 책을 읽다 고개를 들어 보면 논가의 야자나무와 망고나무가 한들한들 손을 흔들어 주었어요. 초등학교 3학년 무렵이었을 거예요. 제 기억 속에서 가장 그립고 행복했던 시간이었어요."

우리 집에서 베트남 쌀국수를 해 먹다가 람풍이 그리움에 젖어 그런 말을 한 적이 있었다.

나는 떠나기 전에 일부러 그 논이 있던 곳(지금은 밭이 되어 버린)에 가 보았다. 참외와 수박이 주렁주렁 달려 있었지만, 내 눈에는 푸른 메콩의 물결이 한없이 잔잔하게 일렁이고 있는 것 같았다. 그 어디쯤에서 어린 람풍의 모습이 보이는 것도 같았다.

그리운 이와 손 나누는
대동강 가
실버들 천 가지로도
그대를 묶어 두지 못하리
눈물 어린 눈 들어
바라보는 눈물 어린 눈
애 끊어지는 사람 앞에
또 애 끊어지는 이

평양 기생이었던 계월桂月의 시다. 이 시의 대동강은 람풍이 가족과 고향과 그리고 조국과 헤어졌던 메콩강이다. 애끊어지고 눈물 어린 얼굴로 부평초처럼 떠왔을 어린 람풍의 시절이 그 논과 메콩의 지류인 고향 집 앞의 개울물 까이슈Caisu에 고스란히 머물고 있었다.

메콩은 중국의 티베트 고원에서 발원하여 베트남 남쪽에서 바다로 흘러가는 총 길이 4,350km의 세계에서 12번째로 긴 강이다. 메콩은 중국, 라오스, 태국, 미얀마, 캄보디아, 베트남 등을 거쳐 흐른다. 중국에서는 이 강을 란창지앙[瀾滄江]이라고 부른다.

오래전 나는 운남성 남부 징훙의 란창강 가에 앉아 란창강 맥주를 마시며, 저 강을 따라 흘러 메콩의 끝으로 가 보고 싶다는 생각을 했었다.

그 몇 해 후, 라오스 루앙프라방으로 흘러온 그 메콩에서 배를 타고 한나절을 보내기도 했다. 그때도 메콩의 끝이 그리웠다. 그리고 마침내 람풍이라는 특별한 인연을 만나 메콩의 끝에서 꿈같은 시간을 보내게 되었다.

강은 시작부터 끝까지 하나다. 그저 인간이 국경을 나누고 구역을 갈라 다른 이름을 붙이고 소유권을 주장할 뿐이다. 메콩의 상류를 막아 무기화하겠다는 속내를 비친 나라도 있었다. 그러나 강은 여전히 누구의 소유에 속하지 않으면서 흐른다.

강을 바라보며 상념에 젖는 것은 인간의 삶도 강물처럼 근원을 모를 곳에서 시작해 끝을 모르며 흘러가기 때문이다. 근원을 모르고, 종착점도 모르지만, 그러나 근원은 분명이 존재하고 끝도 반드시 있기 마련이다. 그래서 강과 사람은 어쩌면 하나처럼 보이는 지도 모른다. 강을 보며 상념이 깊어지는 것도 그런 이유 때문이다.

강은 숱한 산을 넘고 골짜기를 지나며 흘러 바다에 이른다.

조선 순조 때의 여류 시인이었던 금원錦園은 이렇게 노래했다.

세상의 모든 냇물

바다로 향해 흐르네

비로소 깊고 넓고 아득해지는

저 바다

나 이제야 알겠네,

세상의 아득함을

존재하는 모든 것

그 탯줄 안에 있는 것을

그의 말대로 세상의 모든 강은 바다로 흐른다. 흘러 비로소 하나의 거대한 천지를 이루며 완성된다.

사람 사는 일도 또한 강물 같아서 어디 평평한 곳만 흐를 수 있겠는가? 때로 세상과 불화하기도 하고, 극복할 수 없을 것 같은 고민과 고통의 시간을 지나기도 하고, 좌절과 절망의 언덕을 넘으며 살아오는 것이 인생이다.

서른여섯, 람풍은 그 나이에 보통 사람이 겪기 힘든 어려운 구비를 건너며 흘러왔다. 마치 메콩처럼 자신이 살아왔기에, 그에게서 메콩의 풍경이 남아 있는 것인지도 모른다. 그래서 더 든든하고 당찬 삶을 살아가고 있는 것인지도 모른다.

나는 앞으로도 더 많이 껀터나 롱미, 속짱, 까마우 같은 메콩의 남쪽을 찾아갈 것 같다. 그곳에는 메콩처럼 세상의 숱한 우여곡절을 온몸으로 맞서 견뎌 내며 살아가는 또 다른 강물 같은 사람들이 살고 있을 것이기 때문이다. 그들은 모두 람풍이고, 메콩의 또 다른 이름이다.

그래도 삶은 계속된다

아메리카 인디언의 이야기를 담은 켄트 너번의 책 제목인 『그래도 삶은 계속된다』처럼 요즘 우리 인류의 처지를 잘 대변해 주는 말도 없을 것이다. 헤아릴 수조차 없을 만큼 자주 발생하는 사건과 사고, 질병과 재해 속에서도 어쨌든 우리는 버티고 견디며 하루하루를 살아가고 있다. 꾸역꾸역 먹고, 악착같이 일하며 기신기신 살아가는 우리의 모습이야말로, '그럼에도 불구하고 삶은 계속된다'는 말로 요약될 수밖에 없다.

나물 밭을 일군 까닭

모든 일은 코로나19로부터 시작되었다. 껀터 의대에 다니는 람풍의 조카에게 장학금을 준다는 명목으로 다녀온 베트남의 메콩강 여행을 끝으로 모든 길이 막혀 버렸다. 처음 중국 우한[武漢]에서 발견된 코로나19는, 세계가 한 지붕이라는 말을 증명이라도 하듯이 순식간에 지구를 덮어 버렸다. 『삼국지』에 심취한 사람들이 처음에는 우한의 옛 이름에 빗대 "형주荊州에 역병이 창궐한답니다"라며 농담조 이야기를 하기도 했지만, 순식간에 전 세계로 퍼지는 이 무자비한 전염병 앞에서 말문을 닫아 버릴 수밖에 없었다.

코로나19는 말보다 빨리 세계를 덮어 버렸고, 이제 이 잔인한 전염병으로부터 안전한 나라는 세계 어디에도 없다. 안전한 곳이 지구상에 없다는 것은, 세상 어디로도 갈 수 없다는 말과 같다. 무모할 만큼 질주를 거듭하던 경제 성장의 속도가 급전직하로 떨어지고 말았고, 당장 사람들의 생계가 막막할 지경에 이르렀지만, 그런 사정보다도 더 우리를 아득하게 만든 것은, 심리적 공황이라고 할 수 있다.

안전한 곳이 없다는 인식, 그러므로 어디 한곳도 마음 놓고 돌아다닐 수 없다는 현실적 자각이야말로 경제 문제보다도 더 인류를 절망의 늪으로 빠트리고 말았다.

학교를 퇴직한 후 나의 삶은 조그만 텃밭을 하나 가꾸고, 최소한의 글을 쓰며 사는 것이 전부였다. 때로 의뢰가 있으면 시와 여행에 대한 강의를 하러 떠나는 것 말고는 그저 골짜기에 파묻혀 나무와 꽃과 벗하는 것이 전부였다. 그러다 마음이 내키면 배낭을 꾸려 훌쩍 세상 밖으로 떠돌곤 했다.

이곳 강원도 골짜기는 봄이 늦게 오는 지역이라 사월이나 되어야 감자 심기를 시작으로 텃밭 농사의 문을 여니, 삼월 한 달은 내게 여행을 떠나기 가장 좋은 시기였다. 건강이 여의치 않은 처지라 주로 떠나는 곳이 일본의 큐슈 남부 가고시마나 미야자키 쪽이었다. 그러다 일본과의 관계가 악화되면서 내 여행지는 베트남 쪽으로 옮겨 가게 되었다.

비행기로 다섯 시간 남짓이니, 끼니때마다 인슐린을 맞아야 하는 내게는 그 정도가 움직일 수 있는 최대한의 거리였다. 다낭이나 호이안, 달랏, 부온마투옷, 호치민, 무이네, 하노이 같은 곳들을 떠돌며 삼월 한 달 충전을 하고 나면, 제법 힘에 부치는 텃밭 농사도 여행의 힘으로 무탈하게 견뎌 낼 수 있었다. 기운이 떨어질 6, 7월 무렵에는 또 다른 곳으로 여행을 꿈꾸며, 이렇게 사는 것도 충분히 행복하고 의미 있다고 자위를 하곤 했다.

그런데 코로나19로 모든 것이 일거에 달라지고 말았다. 삼월이 되었는데 세상 어디에도 갈 곳이 없었다. 여행을 떠나지 않으니 골짜기에 있는 시간이 많아졌고, 텃밭에 온갖 작물을 심고 나서도 시간은 하릴없이 남아돌았다.

그때 내 눈에 개울 건너 산발치에 온통 마른 잡풀로 덮여 있는 제법 넓은 황무지가 들어왔다. 오래 전 배추를 심다가 낙엽송 잎이 성가셔 그만둔 묵밭이었다. 밭농사를 작파하고 10여 년 전 아버지와 함께 그곳에 은행나무를 심었었다. 은행나무들이 어떤 놈은 제법 사람 다리통만큼 굵어졌고, 어떤 놈은 목숨이나 부지할 수 있을까 싶게 휘어지고 비틀어진 채 가늘게 자라 있었다.

'그래, 저 묵정밭을 개간해 보자.'

무엇을 심으면 좋을까 고민하다가 일손이 비교적 덜 들고 자연과 가장 가까운 산나물을 심기로 했다. 화학 비료를 치면 죽어 버리니 비료를 줄 수고도 없고, 오래 묵었던 밭이니 부엽토가 쌓여 거름을 주지 않아도 될 듯싶었다. 기껏 자란 은행나무들을 베어 버리기 아까운데, 마침 산나물은 그늘이 있어야 잘 자라는 습성을 지니고 있으니 안성맞춤이었다.

결심이 서고 나니 고민할 때보다 일은 더 쉬웠다. 개간이라고 해서 옛날처럼 괭이와 삽으로 땅을 파헤치는 것이 아니니 그저 포크

레인을 써서 갈대와 돌들을 골라내고, 동네 후배에게 사정하여 트랙터를 밭에 들이는 것이 전부였다. 나머지는 기계가 알아서 갈고 흙을 섞고 다져 주는 것으로 끝이었다. 오래 묵었던 밭이라 보기만 해도 심란하던 산발치가 개간을 해 놓으니 번듯하고 깔끔해졌다.

정작 큰일은 밭 정리가 끝나고 난 뒤였다. 전국을 수소문하여 산나물 모종을 구하고, 일일이 심고 고라니를 막기 위해 그물망을 치는 일은 결코 호락호락하지 않았다.

애초부터 다품종 소량 생산이 내 목표였기에 좋은 모종을 구하기 위해 발품도 많이 팔아야 했다. 그렇게 해서 약 7백 평쯤의 밭에 나는 취나물, 곰취, 떡취, 영아자, 머위, 곤드레 등을 심었다. 사이에 라즈베리 묘목을 구해 심은 것은 딸기도 따고 산나물들에게 모자라는 그늘을 만들어 주려는 의도에서였다. 미처 구하지 못한 명이나물과 잔대는 가을에 심기로 예약을 해 두었다.

모종을 심고 칠월이 되기까지 모두 네 번 김을 매 주었다. 고랑에 나오는 풀은 감당할 수가 없어 부직포를 씌웠다. 요즘 나물밭은 제법 꼴이 잡혀 정갈하고 가지런하게 나물들이 자라고 있다.

나는 아침저녁으로 나물밭으로 가 흐뭇한 마음으로 나물들을 바라보곤 한다. 코로나19가 나를 유목민에서 정착 농민으로 만들었다는 생각도 하곤 한다.

손바닥보다도 더 넓고 크게 자라 바람에 흔들리는 곤드레와 취나
물들을 바라보며 황무지였던 밭이 저렇게 좋은 밭으로 된 뿌듯함을
만끽하다가 문득 조선 중기 문신인 정온鄭蘊(1569-1641)의 글 「거친 밭
을 일구며 깨닫다[起荒田說]」를 떠올리기도 한다.

을미년(1595년) 봄 내가 처음으로 농사를 짓기 위해 두어 이랑의
밭을 마련했다. 밭은 신벌리薪伐里에 있었다. 이웃의 농부에게 밭이
어떠냐고 물었더니 이렇게 대답했다.

"좋은 밭이지요. 어떤 곡식을 심어도 잘 될 거예요. 너무 습하지
도 건조하지도 않아 수해도 가뭄도 영향이 없을 겁니다. 예전에 거
기에 농사지은 사람도 수확이 좋았지요. 요즘 농사짓는 사람이 적
어서 묵힌 지 5~6년 됐지만 좋은 땅이에요."

묵정밭이지만 원래 비옥했다는 그 땅이 아까워 개간해 보기로 마
음을 먹었다. 나는 단단한 쟁기와 일꾼 두어 명, 황소 두 마리를 끌
고 밭으로 나갔다.

그때가 3월 17일쯤이었는데, 밭에는 잡초와 가시덤불이 빽빽하
게 우거져 있었다. 뿌리가 마구 뒤엉켜 아무리 단단한 농기구로도
쉽게 끊어 낼 수 없을 정도였다. 괜히 고생만 하고 밭을 일구지도
못하는 게 아닌가 하는 후회와 걱정이 들 정도였다. 그렇다고 이미

시작한 일을 중간에 그만둘 수도 없었다, 쟁기 하나에 황소 두 마리를 매달고 한 사람은 쟁기질을 하고 두 사람이 앞에서 고삐를 끌며 개간을 하기 시작했다.

처음에는 무딘 도구로 단단한 돌을 깎는 것처럼 매우 어려웠다. 그러나 시간이 지나면 지날수록 밭을 일구면서 조금씩 앞으로 나아갈 수 있었다. 보습이 닿는 곳마다, 물살이 거셀 때 물속의 돌이 서로 부대끼며 내는 소리처럼, 우르릉 쾅쾅 하는 소리가 났다.

잡초의 뿌리를 끊고 난 뒤 일군 밭을 보니 굳은 흙덩이가 겹겹이 쌓여 있어 마치 전쟁에서 패배한 굳세고 사나운 군사들이 분을 참지 못하고 머리를 풀어 헤친 채 화를 내는 것 같았다.

그러나 밭을 점점 더 개간해 가자, 얽혔던 것이 풀어지고 단단한 흙도 부서져 예전의 밭 모양을 갖추게 되었고, 힘도 조금씩 덜 들게 되었다. 일하던 사람들도 피곤을 덜 느끼고 개간한 밭을 보며 기뻐했다. 이렇게 계속 개간을 하면 수레 가득 조를 수확해 담을 수도 있고, 망태기에 곡식을 채울 수도 있을 것이라는 생각이 들었다. 그런 생각을 하자 마음이 점점 기쁨으로 차오르기 시작했다.

이 일을 하다가 문득 깨달은 것이 있다. 사람의 마음속에도 좋은 밭이 하나씩 있다. 그 밭이 바로 측은지심惻隱之心, 수오지심羞惡之心, 사양지심辭讓之心, 시비지심是非之心이다. 그리고 거기에 심는 씨앗이

인의예지仁義禮智다.(이하 생략)

　정온은 황무지를 개간하며 인간의 성정에 대해 깨달았지만, 나는
나물밭을 일구고 가꾸며, 코로나19 시대의 우리의 삶과 환경, 인간
의 미래에 대해 생각했다.

일손이 없는 코로나19 시대의 삶

　코로나19의 영향은 사회 곳곳에 미치지 않는 곳이 없지만, 내가
사는 이 시골구석에서는 당장 일손 부족으로 나타났다. 자급자족의
소규모 영농이 사라지고 기계화, 대량화가 대세인 요즘은 자기 먹
을 만큼만 농사짓는 농가는 전무한 실정이다. 아무리 기계화되었다
고 해도 사람 노동력이 전혀 들어가지 않는 농업은 불가능하다.
　고추 농사를 많이 짓는 우리 마을에서는 코로나19의 여파가 당
장 고추씨를 넣는 3월부터 발생했다.
　지난겨울은 유난히 따뜻해 추위로 이름난 강원도 산골인 우리 마
을도 2월이 봄날처럼 온화했다. 일찍 온 봄 햇살을 즐기던 어느 날
이었다. 베트남 댁인 람풍이 전화를 했다.

"아줌마, 아저씨 오늘 바쁘세요?"

아무 할 일도 없이 나물밭을 일굴 구상만 하고 있던 우리 부부에게 람풍은 고추 가식 하는 일을 도와달라고 부탁했다. 평생 농사라고는 텃밭 가꾸는 것만 했으니, 모종을 종묘상에서 사다 심었을 뿐, 가식을 해 본 적이 없는 내가 도와줄 수 있을까 생각하며 가니, 산더미같이 상토와 모종판 플레이트을 쌓아 놓았다.

판 하나가 100구가 넘는데, 판에 상토를 넣고 100구에 소복하게 나온 고추를 뽑아 하나씩 심은 뒤, 거치대에 가지런히 놓아 두고, 물을 주어야 가식 작업이 완료되는 과정이었다. 모종판에 상토 넣는 사람, 1차 판에서 고추를 뽑아 하나씩 나누는 사람, 심은 모종판을 나르고 물 주는 사람 등 최소한 세 명은 필요한 일이었다. 신랑은 밭 갈고 거름 뿌리고 비료 주는 일로 손 낼 틈이 없는데, 인력 회사에서는 외국인 노동자가 없어 한두 명은 아예 내주지도 않고 열 명 이상이 필요한 집에만 일꾼을 공급해 주고 있다는 사정을 털어놓으며 람풍은 우리에게 미안하다는 표정을 지어 보였다.

그 무렵이 우리나라에 코로나19가 확산되는 때여서 외국인 노동자 대부분이 귀국을 해 버렸고, 새로 오겠다는 외국인도 없으니 농촌 노동력은 태부족이 되어 버렸고, 그 여파가 람풍네에게까지 미친 것이다.

그날 우리 부부는 하루 종일 상토를 넣고 모종을 뽑아 고르고, 모종판을 나르고 물을 주는 농업 노동을 했다.

그 작업을 하는 날, 비닐하우스 작업장에는 아직 눈을 따지 못한 감자들이 소복히 쌓여 있었다. 작년에 심어 거두었지만 팔지 못하고 저장고에 넣어 두었던 것들이다.

저 감자를 눈을 따 심어야 하는 일도 아직 고스란히 남아 있다.

그런데 농촌의 일은 그것으로 끝이 아니었다. 고추씨 넣는 일부터 시작되어 브로콜리 이식, 고추 이식, 볍씨 넣기가 끝나자 고추 심기가 시작되었다. 고추 심기가 끝나고 얼마 지나지 않아 브로콜리 수확이 이어졌다.

농번기에는 고양이 손이라도 아쉽다는 말처럼, 농사를 지어 본 적이 없는 우리의 일손도 요긴해서인지, 동네 여기저기서 손을 벌리곤 했다.

"외국인 노동자 없이는 이제 우리 농촌은 더 이상 농사를 지을 수 없을 거야."

하루 종일 브로콜리 박스를 접고 테이프를 붙이다 돌아오면서 우리 부부는 그런 말을 했다.

코로나19 이전에는 외국인 농업 노동자를 비하하던 많은 사람들이 이제는 그들이 얼마나 요긴한 존재였는지를 깨닫게 되었다. 아직도 뭘 모르는 도시 사람들은, "잘됐어. 가뜩이나 부족한 일자리를 외국인 노동자들이 다 차지했었는데, 이젠 우리나라 사람들 일자리가 늘어나게 되었어"라며 엉뚱한 소리를 해 대고 있지만, 그들은 하나만 알고 둘을 모르는 사람들이다. 외국인 노동자들이 맡아서 하던 고되고 힘든 일들은 국내 노동자들이 결코 담당하지 않는다는 것을. 코로나19는 수많은 인류를 고통에 빠트리고 있지만, 외국인 노동자에 대한 새로운 인식을 갖게 만드는 계기도 주고 있는 셈이다.

민정이의 하우스 콘서트

고추 2차 가식 하는 3월 어느 날이었다. 이제 중학교 2학년이 되는 람풍의 딸 민정이는 한 달이 다 되도록 학교에 갈 수가 없었다. 민정이네 학교만이 아니라 대한민국의 모든 학교가 문을 닫고 말았기 때문이었다.

"이게 뭐야. 새 학년이 됐는데 친구들도 못 만나고. 학교 가고 싶어."

학교에 다닐 때는 가기 싫다고 하던 아이였지만, 막상 학교에 못

가게 되자 오히려 그리워졌나보다.

민정이는 우리 마을에서 드문 중학생이다. 마을에 아이들이라곤 서너 명 남짓이니 모든 아이들이 다 귀하긴 하다.

"그래도 넌 낫지. 올해 중학교 입학하는 은규는 아직 입학식도 못했어. 교복 사 놓고 입어 보지도 못했대."

"그럼 은규는 아직 중학생이 아니네. 흐흐흐."

투덜대던 민정이가 익살스러운 농담을 한다.

우리가 고추 가식 작업에 정신이 없는데, 집 안에 있던 민정이가 나와서 또 투덜댄다.

"아, 학교 가고 싶어. 심심해. 학교 갈래."

한동안 투덜대더니 갑자기 하우스에 있는 간이침대에 벌렁 드러누워 노래를 부른다. 심심하고 무료하고 지루해서 노래조차도 한없이 아득하게 들린다. 아직 눈을 따지 않고 옹기종기 모여 있는 씨감자들이 민정이 노랫소리를 들으며 눈알을 또르륵 굴리고 있다.

민정이 노래한다
학교는 오래 문을 닫고,
봄꽃 발그레 얼굴 달구는 어느 날
비닐하우스 귀퉁이에 야전 침대 갖다 놓고

감자 눈 따는 엄마 곁에서 새처럼 목청 높인다

눈 따 놓은 감자가 산처럼 쌓일 때

민정이 노랫소리는 개울물처럼 흘러간다

한쪽에서는 고추 모가 빛나고,

브로콜리는 심을 때를 지나 웃자라는데,

갈 곳도 없고 놀 벗도 없는

산골 비닐하우스에 차려진 야외 콘서트 장

'그대 내게 오지 말아요

두 번 다시 이런 사랑 하지 마요'*

그 노래를 눈 따 놓은 감자들이 반들거리며 듣는다

언제 열릴지 모르는 학교 문도

금방 피어날 진달래 꽃망울도

민정이 노랫소리에 아득해진다

슬픔보다 찬란한 하루

고추 모종과 눈 딴 감자가 따라 부르는

산골 소녀 중학교 2학년

베트남 새댁 람풍 딸 민정이의 비닐하우스 콘서트에

*엠씨더 맥스의 노래 <어디에도>의 한 구절

봄날은 하염없이 저문다

- 졸시 「비닐하우스 콘서트」

그 후로도 오랫동안 학교는 문을 열지 못했다. 수업은 인터넷 강의로 대체되고, '심심해'를 입에 달고 살던 민정이는 또, '머리 아파. 눈도 침침해. 하루 종일 컴퓨터 보는 것도 지겨워. 학교는 언제 여는 거야?'라며 입을 삐쭉 내밀곤 했다.

평생 대도시 학교에서 교사 생활만 했던 내가 귀향 후 맞닥뜨린 농촌의 교육 현실은 정말 놀라울 수밖에 없었다. 강남의 어떤 학교에 있을 때는, 학부모들이 학교의 교육 과정까지(그 학교가 교육 과정 시범 학교라 선택 과목의 폭이 무척 넓은 때였다) 좌지우지하려 들 정도였다. 좋게 말하면 학교 일에 적극적으로 참여하는 것이지만, 나쁘게 말하면 간섭에 가까운 그 지역의 학부모들이 어쩌면 우리나라 지식층이나 기득권층인 사람들의 의식을 대변하고 있는 것 같았다. 심지어 입시와 무관한 고3 과목 선생님들에게 자습을 비공식적인 통로로 요구하기까지 할 정도였다. 모든 기준은 학업 성취도에 달려 있고, 최종 목표는 자신의 아이가 소위 명문 대학에 입학하는 것뿐이었다. 드라마 <스카이 캐슬>에 나오는 학부모들의 모습과 상당히 유사한 분위기였다. 자신의 아이들에게 조금이라도 손해가 갈 일이면 적극적으로 발언하고 교육청에 민원을 넣는 것도 비일비재했다.

그러다 강북의 고등학교로 옮기게 되었는데, 그곳은 강남의 학교와 달라도 한참 달랐다. 학부모들은 학교 일에 무관심했다. 어쩌면 무관심이 아니라 관심을 가지려 해도 사는 일이 바빠 틈이 없었던 것인지도 모른다. 엉터리 급식에, 온갖 사소한 비리가 보여도 그저 모른 척 하거나 아니면 아예 모르고 넘어가곤 했다. 오히려 아이들만 이런저런 불만을 털어놓을 뿐이었다. 그러나 대학 입학이라는 목표를 위해 모든 힘을 쏟는다는 점에서는 강남과 비슷했다.

퇴직 후 내려온 고향의 학교는 강남이 아니라 강북의 학교조차 별천지라고 느끼게 될 만큼 또 다른 세계였다. 내가 만난 몇몇 아이들은 대학에 대한 정보가 거의 전무할 정도였다. 심지어 대도시에서는 초등학생들도 아는, 정시와 수시라는 제도조차도 무엇인지 모르는 중학생이 대부분이었다.

한 반이 열 명 남짓에, 한 학년이 한 반, 소위 중요 교과를 제외하고는 대부분 상치나 순회 교사가 담당하는 열악한 교육 조건이었다. 학부모들은 농사에 바빠 학교에 아이들을 맡겨 놓으면 그뿐이었고, 어머니들도 거의 동남아 출신이라 우리말이 서툴고 우리 교육 환경을 알 수가 없다.

학원도 과외도 없는 아이들은 학교가 끝나면 집으로 가 특별한 일 없이 게임이나 인터넷이 빠져 지낸다. 갈 곳도 놀 곳도 없이, 논밭에 나간 부모들이 밤늦게 돌아올 때까지 아이들은 방치되어 있는 실정이다. 이미 출발선부터 한 백 미터쯤 뒤에서 달리기를 시작하는 농촌 아이들에게 대학 입시니 교육 과정이니 하는 것은 남의 나라 일일 수밖에 없다.

코로나19는 이렇게 불평등했던 우리의 교육 환경을 다시 생각하는 계기를 만들어 줄 것이 분명하다. 대규모 집단 교육이 중심이었던 기존의 교육 환경에 대해 본질적 문제를 던지게 할 것이기 때문이다. 거대한 학교에 아이들을 몰아넣고 그 안에서 순위 경쟁을 벌이게 만들어 대학에 진학을 하고, 사회의 기득권층이 된다는 것이 과연 올바른 일일까에 대한 질문을 던지는 것, 집단 교육 체제의 한계와 불평등한 교육 환경 문제에 대한 인식, 그것이 코로나19 이후 교육의 출발일 수밖에 없다.

이는 본질적으로 인간의 삶이란 무엇인가에 대한 성찰로 이어지게 될 것이고, 수많은 사람들이 쓰러지고 죽어가는 상황에서 교육의 역할이 무엇일까를 고민하게 만들 것이기 때문이다.

긴급 재난 지원금과 농산물 꾸러미

브로콜리를 수확해 선별 작업을 하는 람풍 곁에서 딸 민정이가 재잘재잘 수다를 떨고 있을 때였다. 자동차 한 대가 람풍네 마당으로 들어서더니 기사가 택배 박스를 하나 던져 놓고 갔다. 민정이가 얼른 받아 들고 들여다보더니 고개를 갸웃거렸다.

"뭐야?"

"몰라. 교육청에서 왔는데."

민정이가 택배 상자를 뜯었다.

상자를 열자 안에는 다양한 농산물이 들어 있었다. 쌀과 잡곡, 감자, 당근 따위였다.

"여기 편지도 있어."

민정이가 인쇄된 종이를 눈으로 읽어 보더니 제 엄마에게 설명을 해 준다.

"학교가 코로나로 오래 쉬어서 급식을 못 했잖아. 그래서 농산물을 보내 주는 거래."

상자를 뒤적이던 민정이가 갑자기 까르르 웃으며 봉지 하나를 꺼내 든다. 봉지 속에는 브로콜리가 몇 개 들어 있다.

"엄마, 우리 집에 이걸 주는 건 아닌 거 아닌가?"

마침 브로콜리를 선별하던 판이라 람풍도 고개를 끄덕이며 웃음을 터트리고 만다.

"그래도 이렇게 지원을 해 주는 어디야. 안 주는 것보다 낫지."

내 말에 람풍도 민정이도 고개를 끄덕인다.

"이건 아줌마 아저씨네 갖다 드세요. 우리 집에는 많아요."

람풍이 상자 속에서 상추와 당근, 쌀, 브로콜리를 주섬주섬 꺼내 우리에게 건네준다. 그날 저녁 그 재료들로 카레라이스를 만들어 먹으며 아내와 나는 코로나19로 달라지는 우리 사회에 대해 이런저런 이야기를 나누게 되었다.

"급식 못 했다고 농산물 꾸러미까지 주는 걸 보니 코로나가 세상을 바꾸기도 하네요."

"그러게 말이야. 무상급식 반대하며 시장직까지 내던지던 쪽에서도 아무 말 없는 걸 보니 이제 복지는 피할 수 없는 시대적 흐름이 돼 버린 것 같아요."

"재난 지원금도 그렇잖아요. 국민들에게 현금을 지원하는 것인데도 반대는커녕 총선 때는 더 많이 주자고 나서기도 했잖아요."

"그랬지요. 총선 끝나니 다시 액수를 줄이자고 돌아서긴 했지만."

"어쨌든 코로나가 국가의 역할과 정책의 방향을 다시 생각해 보게 만든 건 분명해요."

아내의 말대로 코로나19 이후의 세계는 분명 이전의 세계와 다를 수밖에 없을 것이다.

이제 더 이상 선별 복지 주장은 국민들의 지지를 받지 못할 것이 분명하다. 적어도 복지 문제에서만큼은 사회, 경제적 차이에 따라 나누어 지원되는 구시대적 양태를 벗어나게 될 것이다.

모든 국민에게 일정한 액수의 현금성 지원을 가능하게 한 코로나19로 인한 변화는 국가가 재난 상황에서 어떠한 역할을 해야 하는가를 적실하게 보여 준 것이라고 할 수 있다. 재난 상황에서뿐만 아니라 평범한 일상에서도 국가는 국민을 보호하고 행복하게 생존할 수 있게 뒷받침해 주어야 한다는, 그동안 구호뿐이었던 진실을 몸으로 깨닫고 인식하게 된 것이야말로 코로나19 이후의 변화다. 인식은 세상을 바꾸고, 사람의 삶을 변화시킨다. 그래서 격변의 시기가 지나면, 똑같은 시간 속에서도 세계가 새로운 질서로 운행하게 되는 것이다.

역사를 바꾼 역병의 시간

인류사에서 세계를 바꾼 역병이 몇 가지 있다. 그 첫 번째가 천연두다. 천연두의 다른 이름은 마마다. '호환 마마보다 더 무서운…' 어쩌구 하는 캠페인이 있었을 정도로 천연두는 인류의 삶을 바꾼 역병이었다.

천연두는 고대 이집트의 미이라에서 발견되었다는 설이 있을 정도로 오래된 바이러스라고 할 수 있다. 천연두 역시 대부분의 다른 바이러스들처럼 설치류를 통해 인간에게 전염되었다고 알려져 있다. 이집트에서 시작된 천연두는 로마를 휩쓸고 아시아까지 펴져 결국은 전 세계적인 팬데믹 현상을 일으켰다. 로마에서만 약 300만 명이 사망했을 정도로 무시무시한 역병이었는데, 나아도 눈이 멀거나 얼굴에 흉터 자국이 생길 정도로 심각한 후유증이 남았다.

천연두는 1790년대 말 종두법이 발견되어 치유될 때까지 2천 년이 넘도록 인류를 괴롭혀 왔다고 할 수 있다.

신라의 고전 시가인 「처용가」도 천연두와 관련이 있다는 해석이 있다.

서라벌 밝은 달 아래

밤늦도록 노닐다가

돌아와 자리를 보니

다리가 넷이구나

둘은 내 것이지만

둘은 뉘 것인고

본래는 내 것이었지만

앗아 갔으니 어쩔고

「처용가」의 노랫말은 이렇다. 처용의 정체가 기인 제도에 의해 지방에서 당시 수도였던 신라 경주로 끌려온 지방 호족의 자제라는 해석도 있지만, 처용의 생김새로 보아 아라비아 상인이라는 해석도 있다. 당시 신라는 한반도에 고립된 작은 나라가 아니라 세계와 연결된 세계 국가 중 하나였다고 한다. 실크 로드 오아시스 도시 중 하나였던 돈황의 막고굴에는 신라 사신의 모습을 담아낸 벽화가 있을 정도고, 당시 경주에는 외국인이 상당수 있었다고 한다.

천연두는 실크 로드의 교역로를 통해 아시아 쪽으로 전파되기도 했고, 역으로 아시아에 정착한 천연두 바이러스가 다시 유럽으로 역수출되기도 했다고 한다. 인류의 교역은 물건뿐만 아니라 온갖 바이러스의 운반로이기도 했던 셈이다.

「처용가」의 부대 설화에 따르면 처용의 초상을 그려 대문에 붙여 놓으면 그 집안 사람들이 천연두에 걸리지 않는다고 믿었다고 했다. 그만큼 당시 신라에는 천연두가 광범위하게 퍼져 있었고, 사람들은 천연두에 많은 고통을 받고 있었다는 반증이라고 할 수 있다. 신라에서 유럽까지 전 세계를 지배한 천연두는 극복할 수 없는 자연재해의 일종으로 받아들여졌고. 그 결과 종교나 미신에 더욱 의지하는 역작용을 낳기도 했다.

병자호란 때 후금의 숭덕제(홍타이지)는 인조를 남한산성에서 굴복시키고도 장기적인 지배를 하지 않고 바로 귀국해 버렸는데, 그 이유가 천연두 때문이었다고 한다. 여진족과 만주족에게는 천연두 항체가 적어 취약할 수밖에 없었다고 한다. 조선에서 천연두가 전염될까 두려워 항복만 시키고 돌아가 버린 것이다. 후금에서 청나라로 국호를 바꾼 후에도 순치제가 천연두로 사망하는 등, 이 전염병에 대한 트라우마가 상존해 있었고, 강희제가 황제에 오른 것도 이미 천연두를 앓고 난 뒤라 더 이상 전염될 염려가 없었다는 이유도 하나였다고 한다.

이처럼 천연두는 오랜 세월 동안 정치, 사회적으로 큰 영향을 끼치며 1970년대까지 이어져 온 바이러스 중 하나였다.

인류를 괴롭힌 두 번째 바이러스는 페스트다. 페스트 역시 설치류인 쥐에서 인간에게 전파된 바이러스다. 1347년 크림반도를 침략한 몽골의 후예 킵차크칸국의 자니베크칸이 페스트에 걸려 죽은 병사의 시체를 적의 성 안에 던져 넣어 전염시켰다. 그 결과 유럽에서는 페스트가 대유행을 하게 되었는데, 전 유럽 인구의 3분의 1이 죽게 되었다. 성 안에 있던 이탈리아 상인들을 통해 유럽 전역으로 페스트가 전염된 결과였다.

수많은 인구의 사망으로 노동력이 감소되었고, 농업 인구의 축소로 중세의 농업 시스템이 붕괴되기에 이르렀다. 부족한 노동력을 대체하기 위해 기계의 발전이 획기적으로 이루어졌고. 그 결과는 중세의 붕괴와 근대 자본주의의 시작으로 사회적 변화를 끌어내게 되었다.

페스트는 사회 체제를 바꾸어 냈고, 인간의 권리와 권익 신장에 긍정적인 결과를 불러오기도 한 것이다.

바이러스는 수많은 인류를 사망에 이르게 하기도 하지만, 그 스스로 숙주인 인간의 멸망까지 불러오지는 않는다고 한다. 인간이 멸종하면 바이러스도 멸종할 수밖에 없는 상호 의존적인 관계이기 때문이다.

조선 후기의 문인이고 정치가였던 채제공蔡濟恭(1720-1799)은 역병에 걸려 집을 떠나 생활해야 했다고 한다. 그는 그런 경험을 몇 편의 시로 남기기도 했다.

종놈은 자꾸 길을 재촉하는데
병든 내 마음은 눈물만 가득
어머니 내 병 알까 걱정 한가득
주저앉아 겨우 적는 말 몇 마디

한 달 남짓 앓다 보니 다들 피하고
찾아와도 사립문을 열어주지 못하네
이웃집 계집애는 그것도 모르고
담 위에 훨훨 나는 나비 잡으려 찾아오네

약 달이는 화로에 불씨만 가물가물
병난 뒤 잠은 줄고 잡념만 가득
고마운 새벽종 소리에 깨어나 보면
귓가에 울리는 친구 목소리

열 편의 연작시 중 1, 6, 9번째 시들이다. 『번암집樊巖集』에 수록되어 있는 이 연작시에는 간단한 설명 같은 제목이 덧붙어 있다.

염병에 걸려 잠시 집을 떠나 살게 되었다. 그러는 사이 떠오르는 생각을 틈틈이 기록했는데, 나중에 사람들이 헛소리라고 여기지나 않을지 모르겠다.[患癘移家 調治之暇 有得隨記 異日示人 未知人不以爲病囈否也]

첫 번째 시는 집을 떠날 때의 모습이다. 부모님에게 자식의 병을 알리기 힘들어 겨우 몇 자 적고 떠나는 상황이다. 여섯 번째 시는 요양하는 곳의 형상화다. 이웃이 찾아와도 문을 열어 줄 수 없는 형편, 전염병을 알 리 없는 아이만 나비를 찾아 담을 넘는다. 아홉 번째 시는 약으로 연명하며 잠 못 드는 처지와 환청으로 친구의 목소리를 듣는 장면이다.

전염병은 인간관계를 단절하게 만든다. 부모와 이별하고, 이웃과 만나지 못하고, 친구 관계조차 소원하게 만든다. 이 시들을 읽으면 마치 코로나19로 격리된 요즘의 상황을 그대로 재현해 낸 것 같은 느낌이 들 정도다.

코로나19는 인류가 맞닥뜨린 새로운 바이러스이고, 인간이 이 바이러스를 극복하기에는 아직도 요원한 시간이 소요될지도 모른다. 과학의 발달은 인간을 위협하는 모든 것들을 제압할 수 있을 것처럼 보였지만. 작은 바이러스 하나에도 무기력할 뿐이다. 어쩌면 인간의 오만이 이 위협적인 바이러스를 초래한 것인지도 모른다.

인류의 시간은 이제 늦은 밤중에 와 있다고들 한다. 성장과 발전만이 최고의 가치로 인식되는 사이에 환경은 파괴되고, 세계는 기후 변화의 위기와 생태계의 붕괴로 암담한 시절을 맞게 되고 만 것이다. 빙하가 순식간에 녹아 버리고, 바닷물의 온도가 올라가고. 태풍과 감당할 수 없는 기상 이변이 일어나고 있다. 올해 50일이 넘는 장마도 이러한 기상 이변 중 하나일 뿐이다. 그런 인류 재앙의 징조 중 하나로 코로나19가 우리 앞에 등장한 것이리라.

이제 이 캄캄한 지구의 시간이 지나면 어떤 세계가 우리 앞에 펼쳐질 것인가? 인간성을 회복하고 자연과 조화롭게 살아가는 세계로 나아갈 것인가, 아니면 여전히 성장과 자본 만능의 극심한 차별과 이기심의 세계로 더 빠져들 것인가?

50일이 넘는 폭우가 쏟아지다 모처럼 햇살이 나기 시작했다. 눈부신 햇살과 푸른 하늘이 이토록 귀한 것인지를 비로소 깨닫는다. 저녁을 먹은 후, 나는 옥상에 올라가 낙엽송 숲 너머로 차츰차츰 어두워지는 하늘을 바라본다. 고즈넉하고 아름답고 그리고 아득하다. 우리는 정말 어디서 온 것이고, 어디쯤 가고 있으며, 어디로 가는 것일까?

해 진 뒤의 어둠과 서늘한 바람이 오늘따라 더 눈물겹다.

인용한 현대시, 노래

김수영, 「그 방을 생각하며」, 『김수영 전집 1』, 민음사

최성수, 「북정, 흘다」, 『물골, 그 집』, 도서출판b

정지용, 「고향」, 『정지용 전집 1』, 민음사

고려성, 「고향에 찾아와도」, 『우리노래 대 전집』, 후반기출판사

조경환, 「나그네 설움」, 『우리노래 대 전집』, 후반기출판사

이면우, 「기차는 물속 마을을 지난다」, 『십일월을 만지다』, 작은숲

최성수, 「청년회장 토마토」, 『물골, 그 집』, 도서출판b

김소월, 「부모」, 『진달래꽃』, 미래사

이원수, 동시 개사곡, 「찔레꽃」 이연실 노래 1집

정지용, 「우리창1」, 『정지용 전집 1』, 민음사

최성수, 「모래가 운다」, 『천 년 전 같은 하루』, 삶이 보이는 창

윤동주, 「서시」, 『하늘과 바람과 별과 시』, 미래사

김상용, 「남으로 창을 내겠소」, 김현승 엮음, 『한국현대시해설』, 관동출판사

유치환, 「낙화」, 『생명의 서』, 미래사

윤재철, 「호박눈썹나물」, 『거꾸로 가자』, 삶이 보이는 창

박관서, 「싱건지」, 『기차 아래 사랑법』, 푸른사상

백석, 「국수」, 『백석전집』, 창작과비평사

최성수, 「롱지중학교」, 미발표작

최성수, 「비닐하우스 콘서트」, 미발표작